KB270407

화이부동

화이부동

박철수 시집

추천의 글

이 세상 어떤 훌륭한 찬사의 말로도 부족한
큰 기쁜 일이 생겼다.

문학동인회 「불뫼」의 창립동인 박철수 시인이
오랜 산고 끝에 첫 시집을 묶었다.

박철수 시인은 사람들의 말과 모습을 조용히 듣고 보며
생각하는 사람이다.

살아온 인생의 희로애락을 그만의 느낌과
사고와 언어를 통해 그려온 그다.

이제 그 고뇌와 성찰의 그림들을 모아
시집 〈화이부동〉을 펴냈다.

그의 또다른 생물학적 자식이라면 과장일까?

인생을 고뇌하는 사람이라면 공감하지 않을 수 없는,
그의 깊은 통찰과 아름다운 시어들!

참 반가운 일이다.
흔쾌히 청을 받아 마음을 보낸다.

2025년 10월
문학동인회 「불뫼」 창립동인
성조 박의진

자서(自序)

외로움을 견디어보겠다고
삶의 모퉁이에서
밤새 써 내려간 서툰 글들을
풀잎에
대롱대롱 매달아 두고

때 늦은 생활의 쳇바퀴를 돌리며
숨차게 달려왔던 길을
돌아다보니
세월의 바람결에 흩어져
저무는 햇살 속에
그리움으로 남아 있었다.

그 그리움을 모아
부끄러움을 무릅쓰고
한 권의 시집을 내려 함에

아낌없는 격려와
가을 햇살처럼
따스한 마음들을 내어 준 동문들에게
감사함을 전한다.

2025년 11월
박철수

차례

1부

귀향길

새벽길

희뿌연 시간들
소리 없이 찾아와
도시 귀퉁이
덧난 상처를 핥으며
삭아내리고 있었다

그 정적 속에
성(城)이 걸어 나오고
교회당 종소리가 퍼질 녘
이슬을 까먹던 산새들이
기지개 켜고
곤죽이 된 도시를 향해
나부리기 시작했다

어느새
색 바랜 틈새로
아침은 걸어 나오고
생을 일구는
소를 닮은 사람들의
신발끈 동여매는 소리

그렇게
하늘이 열리면
세월은 깨어나
바람개비는 돌고
생활의 바퀴는
꿈을 싣고
또,
달리기 시작했다

겨우살이

삭정이 사이로
비집고 드는 바람은
어느새
베란다 끝에 서성이던
아이비 잎새를 넘나들더니,
초록의 끝이
아비 가슴처럼
바삭바삭 타들어가고

철늦은 가을을 빠져나와
아파트 그림자에 갇혀서도
미소를 잃지 않던
애기사과의 성근 볼이
알알이 부어져 올라도,
달래지 못한
아비의 멍울진 가슴엔

차디찬 바람만
일렁이고 있었다

시리디 시린
겨울골이 얼어붙고
눈보라 휘돌아
발목을 부여잡는 밤에도,
나목의 눈은 숨을 쉬며
비상의 꿈을 잃지 않기에
초옥(草玉)의 봄은
멀지 않으리니

그대
시린 가슴을 감싸는
아내의 손길과
그대

늦처진 어깨를 어루는
아이의 미소가 있기에
겨울에 갇힌 그대 둥지엔
따스한 사랑의 불길이 지펴져
꿈은 익어갈 터,
다져진 울안에
어느새
행복의 새순은
돋아우리다

귀향길

뭇 바람에 끼인
손때를 털구고
몇 개의 나이 먹은
터래기를 깎은 얼굴로
거울을 보면
아!
눈에 아려오는 고향이여

휘도는 바람을 뒤로 한 채
가는 길목엔
내 동네 같은
탈곡기 소리 황소 소리
따사로운 햇살이
춤을 추고

새우잠 잤던 뚝배추
몸을 조아리는 날
쭉 뻗은 무우의
엉덩이가 부끄러워
고개 숙인 길

성산길 질러가면
방죽 옆 모종가엔
동갑내기 미루나무 반가워
까치 마중 보내오고,
올망졸망 동네 꼬마들
주렁주렁 따라와
히죽거리는 고향

서둘러 동구밖 모퉁이 돌아
탱자나무 울타리
사립문을 넘을 적,
복실개 소리
누렁이 소리
쪼글한 내 어머니
허이연 내 아버지
눈자위가 떠니는
아!
고향집이로고

외딴집

두리 둥실
구름을 머금고
살포 도도실
바람 한줌 잡아
아이야!
무슨 꿈 먹을래
하늘도 잡힐라?

어메는 한숨 지으며
몇뙈기 밭 이랑 헤아려
겨울 뼘을 재고
아베는
굴참나무 등피 벗기우며
하늘만 믿고 애태웠던 밤,
아이는
무시무시한 옛날얘기 잊고

조랑조랑 꿈길을 걷는
외딴집

밤이면 밤마다
꿈바람 타고
비쳐드는 달무등 창가에
아베의 한숨이 서렸고,
어메는 어메대로
누이 머리 어루던
손길이 떨리움은
도시를 잊지 못한
푸념이것다

이 구릉 저 구릉
손바닥 아래
무엇을 못 잊은

한이 있길래
아이는 크면
아베 한숨 찾으러 가고,
누이는
어메의 손떨림 찾아
도시로 갈거란다

두두리 두둥실
살포시 도동실
아이야!
구름 자락 만질라
바람 타고 솔개처럼 날을라
욕심 모를 가슴에
꿈이 익는 곳
여린 누이의
벙어리 냉가슴 타는 곳

별들이
옥수수 밭으로 떨어지던 밤
멧새를 버린
두견새 아픔이
밤을 애절이는데
아이야!
무슨 꿈 먹을래?

젖무덤

뿌연 도시 하늘 밖으로
겨울이 깊어 가면
고향집이 생각나는 밤,
도란도란 군불 땐 아랫목엔
도깨비 춤을 췄고
마실 간 누이가 돌아오면
시리디 시린 겨울을 깎던
고향집

밤은 깊어
드센 바람결에
떠닐던 별빛도
사그라진 빈터에,
동동거리던 그리움이
소복이 쌓이고
아리운 가슴엔
어메 모습이 아른대는데

그리움에 뒤척이는 밤
두고온 고향집 뒷방
때묻은 사진틀 어루만지는
어메의 손길이
가슴을 태우는데,
밤바람은
왜
이다지도 시리운고

어둠이 포개지고
꿈길을 서둘러
고향집 문간방
실 감는 소리를 찾아
파랑새 되어 날아가거든
잃었던 젖무덤 앞에
속죄하는
노래라도 부르리

사랑의 꽃망울

먹바람 일구는 날
창이 열릴 듯 말 듯
꼬옥 닫혀진
외창

새언니 입술 닮은 노을이
창을 넘을 적엔
풋가슴 조이고,
말간 달빛이 새어들 즈음
꽃가슴 설레이는데

지금
어디쯤 오고 있을
무지개 기다려
꿈 한 모금 머금고,
한껏 터질 듯한
꽃봉오리여!

벼라별 새들과
꽃비 내리는 동산에
하마 구름을 만질테면
날아갈 듯 종다리이고,
바람결에 나풀거리는
머릿결이 아름다워라

어느새
풀잎엔 물기 오른다
흐드러진 진달래 기슭에
뿌연 안개 헤치고 오고 있을
님을 위해
기지개 켜고 거울 앞에 서면,
금새,
국향 돋우는
아침이 영그는데

돌아설 듯
보지 못한 아쉬움이며
말할 듯 눈매에 맺힌
아려움은
냉가슴 태우며
사랑을 기다리는
꽃망울이어라

여름 약속

언젠가
약속했었지
가슴 조이는 둥지를 떠나
푸른 하늘로
훠리훨훨 날아가자구,
빨간 장미의 유혹에 말려
시들어 버린 야망 앞에
눈물을 흘릴 수 없는
매정함을 배우기 전에 떠나가버리자구

언젠가 약속했었지
어둠의 거리를 떠나
별들이 쏘살대는
하늘 밑 동리로
퍼리펄펄 달려가자구,
무지개만 그리다가

무지개도 못 본 채
방황하던 넋이
별이 되었다는데
그 별 찾아
떠나가보자구

손을 잡고 춤을 추는
철부지들의 합창 속에서
고요를 꿈꾸는
만생의 얽힘 속에서
손을 들어 올린
물 찾아가는 야생마들
가는 길목엔
별이 쏟아지고
달도 따라 가는 길,

꿈이 설레이는
가슴팍에
아침이 트일 땐
약속했었지,
모래알 하나
파도에 휩쓸려 간
해변의
물보라 보러 가자구
별도 솟고
달도 찬 갯바닥에
모로만 가는
방게도 보러 가자구.

봄국

봄을 푼
초록의 치마폭엔
흙내음이 배어나고
문틈새로 터져 나온
봄볕 한 줌 몰아
밭돌을 던지면
시아버지 좋아하는
꽃달래주 익는 소리

아이야
한 움큼 베어 먹고픈
암소 고삐 풀어 놓고
허이연 쌀밥에
풋김치 얹으는데
뉘
파란 하늘에
낚시대 드리우느뇨?

이웃 저웃
등진 이 토닥거려
빚진 웃음 다시 갚고
물기 오른 보리밭 둑
콩 뿌리면 콩 나리니

아이야 해 넘어간다
논 두덕 물장구 치던
미꾸리 숨 밟으며
어스렁 암소 몰면
감나뭇골 밥 타는 연기
시장기 도진 코 끝으로
어느새
봄내음이 구수하여라

아침

어둠
저 끝에서 개울물 소리
까만 한 치 두 치의 포물선이
흐이연 모조지에 누워있으려니
아!
꿈에 들었으랴

뉘
눈 부비는가
움찔거리는 늦 잠꼬대 속에
건장한 젊은이 홰를 쳐대니
뿌연 포물선 속에선
집이 나오고
고갤 숙인 석고가
빛을 얻으니
고향집 담장 너머
해묵은 정자로고

오호라!
움츠린 어깻죽지에
까치가 난다
아이야
동해 물줄기 타고 오는
빛 받으러 가얄테니
아침상 햇밥 연기도
피어 오르것다

단비

검스런 하늘이 다가오고
푸섶에선
청개구리 구슬피 울어
금새
빗살이 뭍에 튀어라

김매러 간 아낙들 돌아오고
송아지 어미 따라
길을 재촉할 즈음
동구밖 담모퉁이 아이들은
시오릿길 장터에 간
아비를 기두리는데

푸성귀 사귀사귀에
파릇한 새순이
논빼미에도 텃밭에도
소리 없는 웃음들
거무틱한 농부 얼굴에
함박꽃 핀다

초추

머~언
동공에
에메랄드 빛 하늘에
더욱 넓어져서
한없이 떨어진
허공의 유리잔

비스듬히 흐르는 햇발에
그립던 추억이 어리우고
아랑곳 없는 하늘을
우르러는 가로수가
눈물겹게 서럽다

뭉실한 계절의 미소
해맑간 계절의 미풍
보드라운 촉감은

포근한 어버이의
사랑이시다

코스모스도 다시 오마던
하소연처럼
벼이삭의 만발함과 함께
들국화의
가냘픈 속삭임과 함께

가을이 오는 거리는
맑게 정화된 마음으로
오랜
영상을 이루는
신비로움을 포옹한다

정 끊기

돌아 앉은 이를 달래려
참아 둔 미련을
주저할 수 없어
달려간 곳엔
뭇 바람만 휑휑거리고
용솟음치는 파도를
멈추게 할
아무 별도 없었다

천 갈래 엉킨 실타래는
풀릴 길 없어
초점 잃은 눈동자로
파고드는 뭇 바람을
어쩌란 말인가?

마주하지 못한

낯설은 자리에

아릿한 기억만 어리는 나라

멀어지는 바람 소리만

자욱한 나라

흔들리는 성채 속에서

고요를 꿈꾸는

술을 마신다

산마을

까아만 맴생이가
맹구배 될 즈음
푸근한 언덕빼기로
저녁은 들어서라

솔 밑을 쏘다니며
한나절
샛구름 따라 주섬거리며
한나절
해묵은 솔방울 줍던
아이의 망태기에
어느새
한 아름 어둠이 담기면

누긋한 웃음을 매고
콧노래 흥얼진 발길이
싸립문을 걷어찰 즈음
저녁 연기는
더욱 고소하여라

오르페우스의 새벽

아직
터지지 않은 봉오리 속엔
흑백을 가리우는
전쟁이 가신 채
반항의 입술도
소식을 전하던 혀 끝도
드러눕고
한 치 두 치 다가서는
침묵을 알현하나니

이미
흘려버린 아픔이며
귀를 오똑 세운
귀촉도의 애태움으로
어둠과 빛을 잇는
오르페우스 손길이
창을 여민다

세월을 터는 산새들이
가물거리는 성곽을 타고
이골 저골 상채기 핥는
소리가 모여
새벽 강가로 향했거니

거드름의 입술도
초조해하는
빚장이 눈길도 아닌
살박살박
밤이슬 두어 모금으로
시디 신 등허릴 다독이며
저들은
아침을 안아
일으키고 있잖은가

설핏

열리는 휘장 사이로

터져 나오는

등불을 보라!

머리를 내민 생명들은

기지개 켜고

한 망울 입덧으로 몸을 풀면

초옥(草玉)의 꿈들은

마냥

익어 갈지라

소쩍새

흙이 믿을 수 없어
하늘만 보고
구름에 만취된 채
어둠이 스미는 숲에
서 있다

철부지 적 보름달이
휘영한 강으론
숱한 뭇 바람이 갈팡거려
조각진 꿈이나마
잃지 않으려
달그림자를 헤아려 본다

무엇 하나 기억할 수 없는
강물의 흐름 속에서
버썩 늙어버린 자리를

또
어떤 이가 두드릴텐가

흙이 믿을 수 없어
하늘만 보고 살았던
잔때를 털고
이젠,
빈 하늘을 보며
오늘도 메아리치는
소쩍 울음을 본다

가을 기억

계절은 바람으로 오는가
어린 날의 연한 기억엔
코스모스 하늘거리고
유년의 망설임이 저민
까만 통고무신 속에
꿀벌이 앵앵일 적
희뿌연 신작로를 타고
가을이 왔었는데

계절은 바람으로 오는가
꼬마둥이들의 재잘거림에
놀란 잠자리떼들의 비상은
파랗디 파란 하늘을
겁없이 오르내리고
마당 한켠
단볕에 뒤척이는 고추처럼

우리네 가슴엔
한 움큼 열기가
지는 해를 붙잡고 있었는데

계절은 바람으로 오는가
고숩게 익어가는
저녁 연기 피어오르면
도란도란 꿈 지피는 울안에
단호박 죽 내음 그윽하고
보름달 걸린 감나무 가지엔
까치밥이 성글어 갔었는데

어느새
두 아이의 동동거림에 묻혀
퇴색되어가는 기억 저편에
슬며시 고개 드는

아릿한 날들의 가슴앓이는

아파트 숲을 맴도는

까치의 바빠진 날개짓처럼

길어진 그림자 끝으로

묻혀가고 있었다.

까먹은 나이

생각을 해야 하는
생각의 터울엔
빛살 하나 없어
어둠에 취했다

망연한 기다림마저
잃어버린 채
푸름도 잃어버린 날엔
쿨럭거리며
바람에 나부끼는
깃발이었기에

육신은
골목을 후벼 돌다가
어느 보석상 앞에 웅크려
다이아 반지를 넘나본다
지금쯤

어둠의 안락에 누워 있을
열 손가락지를 조물거리며
빛 하나 두를 수 없는
찬바람 치는 길목에서
서성거리는
나는
하루살이였던가

무엇 하나
빼놓지 않은
윈도우의 얼굴 속엔
슬픔이 서리고
눈빛은
세파에 변색된 채
빛 하나·찾을 길 없어
돌아섰다

돌아서는 발길에
저물어 가는 낯선 도시
그는 그렇게
하나의
또 하나의
나이를 헤아렸다

감기

사랑을 속삭이던 눈길에
땀이 고이고
가식을 조잘대던 입술엔
메마른 한숨이 터져 올라
죽음을 생각하는
헛소릴 한다

하두
죄만 짓고 살아와
죄를 벗기는
파도 앞에 나섰다가
차마,
뒤돌린 발길이
밤새,
씁쓸한 허풍에
주둥이를 쿨럭이며 속죄하다가

죄가 무거워
몸져 누웠거니

혀끝에 닿는
씁쓸함이며
나사 풀린 어깻죽지에
맴도는 흐느낌이며
한 떨기
달콤했던 기억이 스쳐간
허전함이여

온누리
온 것이 멀어져 가고
오직
저승의 문을 닫는
꿈에서 깨어나

하얀 지옥의 홰를
훌훌 털고 일어나는 날
다시금,
젊음의 나래에
꿈을 싣고 비상하는 것이
꿈이로다

헛 꿈

봄 내음
피둥피둥한 숲에
춥다란 기억을
회상하는 사람이라

날이 풀리면
온다는 사람도 없건만
까치는
한나절 우닐고 있었다.

봄은 봄이건만
봄을 잃어버린 울안에 갇혀
지루한 하품 속에
나비만 춤 추다가
날은 저물건가
사르르

말문이 닫히고
어둠이 내리면
졸린 눈 언저리엔
지난 사랑을 기억하는
꿈을 꾸리라.

사랑이라 드리우리다

순하디 순한
동녘이 밝을 즈음
신새벽 까치는
이쁜 소리를 전하려 하나니
지나온 기억의 틈새로
비쳐드는 햇살은
서로를 돋우지 못한 등을 토닥이며
기다림을 읊조려온
그대들 날들을
축복하려 함이다.

님이여!
심중에 맺혀둔
빗장의 고리를 풀고
그대 드넓은 가슴팍에
순백의 옥양목을 펴면

인고의 싹 틔운 심지들어
사랑이라 드리우리다.

님이여!
이제 접어둔 밀창을 열어
서로의 가슴에 움튼
그리움의 나래를 펴고
그대들 작은 터울에
스쳐온 날들의 사랑을 모아
꿈을 익히시고
혹여,
바람이 드셀지라도
서로의 가슴에 심어둔
상록의 새순은 돋우오리니
믿음과 믿음으로
맞잡은 손엔 사랑이 고이고

이해와 포옹을 맞댄 둥지에

바슬 바슬

조용한 아침이 찾아와

소망의 문을 두드릴 즈음

그대를

희망을 지피시고

세파를 헤쳐나가는

사랑의 찬가를

부르오리다.

생의 미로

마음을 다려
꿈을 다려
한 올의 빛을
꿈 꾸었어라

새하얀 구름이 트고
초롱한 눈망울 움트는
작은 둥지에
가슴 조이던 꿈이 머물렀기에,
껍질 벗긴 아픔이며
둥지 떠나온 설핀 기억이며
아스라한 정들의 이별이
서성이는 밤을
못내 돌아다보며

못 믿은 두려움으로
풀벌레 깨일까봐
조심스레 발길이 닿은 곳
꿈이 서린 별들이 둘러앉아
작은 생활을
쏘삭이던 곳

둘러보면
황량한 바람이 휘젓고
돌아서니
개울가엔 온 구비를 돌아나온
은어떼가 산다 하는 곳

아이야!
꿈을 내민 때묻잖은 손에
아이야!

초롱한 눈망울에 담긴
사랑이 오순도순
둘러앉았기에
다시금,
손을 들어
너의 고사리 손을 꼬옥 쥐고
생을 헤아리련다

하얀 구름을 닮아
속내 비치는 개울물의
속살거림을 닮아
꿈을 키우며
생의 미로에서 살리라
살리라 했다

떡시루

상큼한 바람이
풍요로운 뭍을 찾아왔으니
옹글었던 창을 열어
하늘거리는 코스모스 향기를 잡으십시오

허수아비 살바람 타고
우쭐 저쭐 춤을 추오

밤송이는
몇날의 꿈속을 노닐다가
살포시 침창을 열어
해죽거리고
바잘거리며 흐르는
청천 하늘의 새털구름은
보드란 사랑을 노래하려니
저 땅의 씨알들을 보오!
오수를 즐기며

지난한 세월을 꿈으로 익혀
달디 단
감미로움을 지닌 채
알밴 씨알들이
주렁주렁 웃으니

우리
황금 들판에 들러
훑어 온 햇곡에다
촘촘한 수수와
히죽이는 밤송이로
고물을 쳐
떡시루 올려놓고,
흩어졌던 식구들
오순도순 둘러앉으면
둥그런 달빛은
더욱
탐스러워라

탄부의 가슴

어둠을 헤아리던 사람들
스스로 어둠이고자
빛을 등진 채
억만겁 영혼의 문을
집맥하던 몸짓으로
두드리며

까만 목덜미엔
희디 흰 피를 흘리며
숱한 방황의 넋을
갈퀴질하여
빛이 되길 거부하던
그림자를 삽질하였으니

바람이 죽어간 호수엔
파문도 숨 죽이는데

시커먼 쓸개즙 하나
헤아리지 못한 아낙은
어둠이기를 거부한 채
하얀 분을 덕지덕지 바르며
죽어도 죽어도
천상을 셈했거늘

어둠을 마시며
어둠을 가르던 탄부의 가슴에
타오르던 생의 심지는
죽어서 죽어서도
새가 되려는 듯
바람의 깊이를 재었드라만
천상의 믿음도
천하의 사람 내음도
외면하려던 바람떼는

이슬의 영혼을 밟으며
밤마다
때 낀 손톱에 금맥기 올리는
꿈을 지을 적

그들은
스스로 금세공이기를
순응하여
한 줌의 인생을
가슴으로 가슴으로 핥으며
오늘도 막장탄부는
어둠을 쪼개고 있더이다

고향 하늘

아우야
내 아비 이마에
한 많은 우여곡절이 고였고
내 어메 손 마디엔
애서린 골짜기가
움퍽 패였거늘,
누이야
아비 마음을 어쩔거나
어메 가슴을 어쩔거나

내 아비 눈저리에
봄슬이 맺히고
내 어메 입술엔
가느다란 바느질실 같은
바람이 떠다닐 때,
너의 어여쁜 가슴에도
나의 허허로운 가슴팍에도
설운 앙금은 저려왔거늘

그렇게
메마른 땅에도
그렇게
꽁꽁 얼궈진 밭에도
애움은 트일 수 없을거라더만,
보리의 입술은
새 생명을 입질하나니

아우야
우리 아비 무등 태우고
누이야
우리 어메 손 잡고,
봄을 맞으러
제비꽃 토끼풀 몽올진
뒷동산에 오르자

서울 갔던 누이가
오색치마 절하고
까까머리 막내가
넙죽 고개 숙일 적,
내 아비 눈자위에도
내 어메 입술에도
희비가 엇갈린
봄비는 내렸거니

고향 하늘은
푸른 꿈의 웅덩이다
애간장
다 녹아내린
애설픈 가슴팍에
생명을 건져 올리는
고향 하늘은
꿈꾸는 두레박이다

등대지기

바람이 일렁이고
온갖 시새움이
발목을 움켜잡을 적
훌훌 털궈버리고
동해의 작은 해마을
물보라 치는 언덕받이에
꿈 까먹고 사는
등대지기나 될까나

철 잃은 바닷가
숱한 기억을 새겨두고
사랑 자국 한 점
추억의 그림자 몇 점
파도에 흘려간 채
이젠,
아무도 찾지 않는
허무와 냉기가 머무는 곳

먼 수평선 사이로
한두 점
뱃길이 나부끼고
흐연 물보라 속살임은
슬픔을 울먹인 채
폭풍이 휘젓던 날
두고 온
고향 생각도 나리라만

진실을 까먹으려던 손목일랑
잔내음에 절여 두고
잡다한 소문일랑
파도에 띄워둔 채
가식의 껍질을
벗기우며 벗기우며,
깊은 침묵 속에

물보라 이는 날
길 잃은 이방인들의
길잡이 되어
한 길로 가는
등대지기나 될까나

어머니의 바다

어머니
저 숨 쉬는 바다를 보셔요
당신의 아버지
당신의 시아비로부터
가슴앓이를 하던 날
저 바다는
당신의 등을 어루며
슬퍼하지 않았을 리 없어요

어머니
저 바드런 손길을
읽어 보셔요
당신의 고운 손길이
매듭지으며 매듭지으며
처녀적
고운 눈매가 주름진 탓을
저 바다가 모를 리 없어요

어머니
당신의 어머니같은
고요의 사랑을 읽어 보셔요
당신의 첫애가 울던 날
당신은
당신의 어머니를 부르며
돌아선 숨모금을
저 바다가 외면했을 리 없어요

그러나, 어머니
당신의 슬픔이며
눈물이며
기쁨이랑 사랑이며
저 파도에 몸살 앓을 때
왜, 저 바다를
떠나지 못하셨나요?

바살거리는 물빛에
달 한 모금 담은 쟁반엔
낭낭한 목소리
어머니 들으셨나요?
당신의 품을 떠나
바람이 불 적마다 달려간 곳엔
어머님의 숨결이 있더라나니요

어머니
온갖 돌부리에 채이던 날
작은 가슴엔
붙타는 태양 앞에 내팽개쳐진
숨막히는 죽음을 생각할 적
저 바다는
모래알 하나 삼킨 채
웃더라니요

어머님
은빛 모래였을까요?
금빛 모래였을까요?
어머님
그저 모래알 하나였을 뿐

어머니
온 밤을 지새이며
당신의 숨소린
눈먼 까막눈을 뜨게 하고
나약한 아일 다독거려
생명을 불어넣었답니다.
허위와 위선을 버무린
눈빛을 용서하듯
덕지덕지 묻어나는
세월의 허물을

용서하셔요
어머니

어머니
이젠 눈을 뜨셔요
그리고 무작정 달려오는
저 물보라 노랠 들어보셔요
하늘의 별만큼
금이 간 모래톱을 어루는
저 짭조름한 내음 속에
간간이 들려오는 봄소식을
또, 믿고 살아요
어머니.

이방인

찬바람 술렁이는
둥우리에서
겨울기 하나 쫓지 못하는
너는
무엇이드뇨?

당신의 둥지
깁어내는
나는
꿈 먹는 노무자라

죽음이 소생하는
벌판에서
씨알맹이 하나
심구지 못하는
너는
무엇이드뇨?

당신의 꿈을
익히려는
나는
한 줄기 꿈살이런가

생활에 달궈진 모래 펄에서
허기에 누워버린
너는
무엇이드뇨?

생명 찾아
헤매이는
나는
짚시이런가

행복의 나래 짓는
까치골에서

서글픔만 쪼아대는
너는
무엇이드뇨?

사랑 찾아 방황하는
나는
한 조각 낙엽이런가

가도가도
끝이 없는 외길이기에
설움에 겨워 슬플지라도
한 줄기 빛살로
밤길을 잡아
작은 꿈 하나 키워 나갈
우린
이방인이런가

낙화

소실소실
봄 귀퉁이 돌아나온
마실 바람에
아카시아 흰 꿈이
한송한송 길을 떠난다

다시는 돌아오지 못할
꿈 곁으로 떠난다는데
살바람에 떠니는
나뭇가지가 가여워
늦 봄 기슭을 오가는
뻐꾸기만 울어대고

가고 오지 않을 설움은
떠나보내는 가슴에만 일렁이고
빈자리 채우는 바람은

연신 생사를 넘나들며
세월의 자판을 돌리고 있으니

눈물 자욱 하나 남기지 마라
무념의 모체를 떠나왔듯
가려거든
뒤돌아보지 말고
훌쩍
바람 따라
떠나가거라

요양원

고단한 삶을
거기
쉬고 있구나

갈 길은
하나 남았는데
머무를 곳 찾지 못하여
거기
덩그러니
아픔을 삭이고 있구나

시시각각 조여드는
생의 길목에
헛헛한 웃음 하나 걸치고
가슴은
세월의 바람에 밀려
가늘게 떨고 있구나

마음을 비우면
가슴은 열릴 터
삶이란
꾸며대지 않아도 되는 것을

가족 봉사단 영농일지

연록의 오월
서로 다른 모습으로 둘러앉아
서툰 눈길을 나누며
밭이랑을 매던 얼굴에
송글송글 땀방울이 배어날 즈음
어느새
집안 얘기로 꽃 피우고

혹여
피어오르지 못할까나
조바심에 뒤척이던 날
봄비는
가녀린 씨앗을 보듬어주어
파란 순을 어루고
행여
유월 바람에 넘어질라

아이 키우듯한 가슴으로
밭이랑을 서성였어라

칠월 땡볕
아이들의 물조리개는
연신 무지개를 그려대는데
얄미운 모기는
아이의 짜증을 조롱하듯
톡톡 보이는 살결마다
주사바늘을 놓는다

팔월 중순
포송포송 상추가 포개지고
넙죽넙죽 깻잎의 군상들
고추는 대롱대롱 그네를 뛰면
방울토마토가 질세라

탱글탱글 어깨를 들이대는데
한켠에선
고구마 순들이 수군거린다

구월의 밭자락
검보라 가지가 기지개 켜고
호박넝쿨 사이로
삐죽이 고개 내민 애호박
밭 가운데 모여든 고추 망울엔
알이 차오르다 못해
빨간 해를 닮아가는데

시월 초순
고구마 캐는 손들이 분주하고
예서 제서
어른 팔뚝만한 웃음이 배어나고

초록 배추의 양팔 벌림이
시작된 밭뙈기엔
온통,
아이들의 재잘거림과
서툰 초보 농군들의
함박미소가 피어올라라

2 부

―

항해일지

작은 세월

어둠 속에선
별도 없는 어둠 속에선
가로등만이
어둠을 조금 내몰고
그 빈터에
하루살이가 마지막
춤을 흔들며
사라져 갔다

어둠진 풀섶에선
쓰르라미 소리
귀뚜라미 소리소리
손끝 하늘 아래
향수 젖은 아린 가슴엔
어둠 속에서도
미소를 잃지 않던
얼굴과 얼굴들이

허상을 그리며
작은 울먹임을 다독거린다

매듭진 날까지
떨어져 살아야 할
작은 세월의 숲에서
운명을
저울질하는 조바심으로
오늘도
어둠 속으로 사그라지는데

그날이 오면
그날이 오면
움츠린 나래를 펴고
푸름을 쫓던 꿈이
봉오리 짓는 가슴팍으로
맑디 맑은 아침이
솟아오르리

판자촌

둘러보니

황량한 벌판이었네

불빛도 가물가물

호롱 밝힌 산촌마냥

여기가

서울이런가?

바람에 흔들리는 처마와

바람 앞에

겁을 삼키는

판대기 둥지를 서성거리니

거기

내 형제가 떨고 있었네

허구많은

둥지 하나 없이

북풍에 떨며
새우잠에 쪼그린 꿈엔
무엇이 보일꼬?

돌아보니
허허로운 밭뙈기였네
거기 불 밝히며
향수를 질끈 삼켜대며
맨주먹에 땀이 밴
내 누이가
가난을 파먹고 있었네

허구많은
달빛 아래
처량한 눈물 훔치는
나의 피붙이여

차라리 고향집에서
시레기죽 먹은들 어쩌하리

씁쓸한
쓸개잔 앞에
핑 도는 서러움 두고
차라리
이 밤으로
귀향하는 꿈이라도
지어보리라

귀대

절름발이 된 펜 끝을 때워
밤새 생각을 담는다 해도
창밖에
나돌아 다니는
바람덜미 하나 휘어잡을 수 없어.

밤이 새면
떠나야 할 부둣가엔
갈매기 한 마리도 날지 않으니
돌아갈 길이
마냥 서글퍼진다.

이젠
떨리우는 손끝일랑
마이신 하나로 진정시키고
어둠에 침몰되어가는

파도 소리 한 주머니 넣은 채
매정하게 돌아서야 하는데
어인 바람 끝은
휘말리기만 하는가

망설이다
망설이다
애탄 손길엔
텅 빈 슬픔이 고이고
애틋한 가슴이
바닷속으로 침잠해 가노라면
아침은 다가와
어쩌지 못할 이별에
서성거리다
억지웃음을 바른 채
훗날을 기약하며
귀대하리다

가뭄

허기에 지친 이들이
하늘만 믿고 살다가
통증에 저린 한숨이
흙덩이를 쥐어짜고,
밤으론
모깃불 사윈 툇마루에서
매정한 모기빰을 후려치며
마파람 소릴
기다렸어라

허리띠 졸라맨 이들이
둘러 사는 하늘엔
별도 싫고
달도 흉했다
다만,
조각지고 구겨진 구름만이

애닲이는 가슴에
몰인정한 별들이
성성이 둘러 앉아
작당하는 밤,
혼기 놓친 누이가
훌쩍이는 밤이다

수년 전
아비가 살던 고향턱엔
보릿고개를 넘어 온
멍진 배엔 복통이 일고,
한 줄기 기다림에
가쁜 숨 몰아 쉬며
한 모금
이슬 밭에 주저앉아
바슥바슥

녹아내리는 애간장을
뉘 어쩔건가?

메말라버린 땅
아비의 아비가 살아온 터를
뛰쳐나간 젊은이야
서울 가거든
물장사를 하련?

옛적부터
연연히 빨아온 젖줄기엔
쬑~쬑
금이 가는데
어느 뉘가
꿰맬 것인고

아무려면
버림받을까나
싫으나 고우나
흙을 달래며
내 증조할배와 고조할배의
뼈가 삭은 물줄기 찾아,
하늘 우러러
합장하는 우리넨
하늘을 믿고 사는
천상
농사꾼이로다

달노래

당신의
슬픔과 고뇌가 서린
거품일랑
내가
마시리이다

그대는
나의 채로 거른
샘물을 마시며
어두운 하늘가에서도
빛 한 모금 머금고
미소 짓는
별알이 되는 거외다

그대여!
아픔과 고통이 얼룩진

방황을 마셨기에
비틀거리는 날
그대여
고개를 돌리진 마사이다

어둠을
빗어내리는 손길이
더디다 하여
탓하지 마시옵고,
바람더미 하나
헤아릴 솜씨
무디다 하여
책하진 마사이다
어둠과 빛이
갈라지는 길목에선
꽃을 피워내려는

따스한
입김 한 모금은
있으오리니

그대여!
꿈에 들거든
나의 품에 들어
귀 기울여 보소서
어둠을
가르마 타며
당신의 별로 노를 저어 갈
나의
달노래를

칠순잔치

오늘은 좋은 날
개나릿골 노루목에
토담집의 사돈댁
싸릿골 멧기슭에
돌담집의 이종댁
봄비에 흠뻑 젖은
두루마기 입은 채
주름과 주름을 맞대며
동지간이라 하여
얼싸안고,

서울 갔던 아들네가 돌아온
새간엔
훈기가 돌고
비워둔 아랫방
군불 지피는
손길이 바쁘다.

몇 해도록
맞댈 수 없던
친지들의 얼굴엔
화기가 돌고
버썩 주름진 할매와
새파란 손자 얼굴이 범벅되어
날 저무는 줄 모르것다.

아예 봄비는 내리고
두고 온 전답들도
목을 축이며
한 잔 술에 인생타령
두 잔 술에 옛 애기로
육자배기 노랫가락 흥겨운
오늘은
정(情)이 깊어가는날.

아이야!
저 건너 들녘 마을에도
산너머 뒷동리에도
어르신들 모셔다가
어울리면
어떠리야

아이야
개나릿골 싸릿골
동지간이 술 두어 말 내고
이웃 저웃 어르신이
제육 댓근 내었으니
서울의 아들네야
돼지 마리로 되겠는가?

비가 온다 하면
제아무리 봄일진대
채양 치고 멍석 깔아
큰 상을 몇 개 더 내
둘둘이 둘러앉아
회심곡 틀어놓고,
남정네는 젓가락 치고
아낙들은 춤을 추며
둘둘이 둘러 앉아
아들 사위 노래타면
사돈양반 신이 난다,
흥에 겨워 훨훨 난다.

아이야

불 밝히고 어둠을 내몰거라

밤이 짧거들랑

하루 더 어떠하리

서로서로 어깨 걸고

어울려 노래하세

허리끈 추켜 세워

어울려 춤을 추세

오늘은 좋은 날

오늘은 좋은 날.

생활

가식의 잔뿌리 틈새로
헤집고 다니는 바람
겨우내 얼어붙은 가슴을
쪼으는 독수리 부리가
몇 점의 살점을 할퀴고,
정녕
흔들릴 수밖에 없는
피안의 촛불처럼
진실을 위장한 혓부리엔
금새
어둠이 오던 것을

파도가 떠난 후
유한의 갯바닥에
생활을 찾던
흰 고무신 하나

시디 신 허릴 다독이며
노을을 털고 일어서면,
질척거리는 갯내음을
설움덩이 삭아내린
강가에서
때를 벗기워야 하는데

어느날
어둠이 고이던 거울 앞에
희미한 얼굴은
웃음기 하나 없이
방황이 남기고 간
고뇌 한 줌 바른 채,
영혼을 배반한 목줄기로
가래를 삼키고 있었으니

그래

그렇게 보내야 했던 것을

잃어버린 세월 앞에

한숨 모금 띄워 놓은 채

돌아서야 되던 것을

씨알머리 없는

눈망울은

땡볕의 갯바닥에서

어느새 또

호미를 거머잡누나

별

기두림은
순간의 핏부리를 핥고,
막연한 바램으로
눈을 감으면
숱한
어둠도 벗겨져 가는데

한 줄기
가슴을 가르던 빛은
하늘을 섬기며
꿈이고저 믿었던 탓으로
드세운 바람 숲에서
군불 지피던
목마름

하늘 아래 동리마다
바람만 헤아리는
무지개 가슴들이
기도 끝에
아침 이슬을 모아
하늘에 한 점
별이 되었다.

겨울밤

여남은 그림자
서녁산 굽이 돌아설 즈음
가을걷이 끝난 밭뙈기 고개 넘어
장돌뱅이들 돌아가는데,
담 모퉁이 너머로
수심에 찬 어머니가
행여
기두릴 것 같아라

사그라진 해 너머로
어슴프레 다가선 저녁
뒤뜰악 메우는 솔연기는
불 지피는 부지깽이에
한숨을 토하는
어머니의 애닯음이라

저녁상 빈 자리엔
아들이 눈 밟히고
차디찬 바람 일렁이는
우물 속 초승달 보고
멀디 먼 객지 나간
딸아이 그리며
빛 바랜 두레박 가득
그리움을
퍼 올리는데

어둠에 갇혀
호롱불 살락이는 방안엔
서울 간 아들네 편지에
눈자위 적신 어메,
하얗디 하얀 벼갯잎에
별을 수놓다가

그 아들 좋아하던
뒷곁의 무우며 배똥구리 깎아
막내아이 건내주고

문풍지 울리는
모진 바람에
참아 둔 한숨을 토하며
호롱불 심지 돋우어
양말을 집을 때,
겨울밤은
더욱 깊어 가거라

상록수

생생한 희망이 넘치고
총총한 눈망울의
꿈이 피던 날
초록의 살풋한 미소에
소년의 꿈은
마냥 익어만 갔습니다

따갑게 퍼붓던
팔월의 태양 아래
의지를 태우고
삶의 굴레에서
잎새와 속삭이며
언제나
앞서서 달리려 했습니다

식어가는 시월
잎새의 감미로운 꿈에
귀 먹고
잊지 말자던 영원의 약속에
눈이 멀었지만
화사한 단풍은
긴 여로의 꿈을 깁더니
차디찬 입김에 못 이겨
그만
떠나야만 했던가 봅니다

소년의 마음
낙엽의 추억에 채여 멍들고
초췌한 얼굴엔
눈물이 얼룩져 야위어만 갔습니다
그러나,

소년은 긴 방황에

옛 기억을 망각하는가 싶더니

한 줌의 사랑과

한 올의 꿈을 안고

마음의 고향을

돌아오고야 말았습니다

다시금,

지지 않을

상록수의 꿈을 지니고

읍내잔둥

아침나절
텃밭에 심군 시금치와
이제 갓 나온
배추싹 솎아내어
시래기 한 널벅지 데친 어메는
읍내잔둥 너머로
장엘 가셨다

남매는 종일토록
뒷산에서 나무를 긁어
너댓 가마 부엌에 부려놓고
밤으로
등을 토닥여줄
어메를 기다리며
해 넘기 전
누이는 밥을 앉히고

아이는 마당을 쓸며
어메의
환한 웃음을 기대했지

서울 간 오빠도
잘 있다 하고
미루나무에 걸린 노을빛이
사박사박
들녘을 향했을 때
남매는
읍에 나간 어메 맞으러
읍내잔등으로 달음쳤다

덥푹한 푸섶에 앉은
남매는
연신 읍내 쪽을 내다보며

질경이 싸움으로 해넘기다
누이의 질경이가 끊어질 녘
동네 아낙들의
늦어지는 어메 얘길 듣는다

어둠이 닿기 전에
돌아올 어메를 걱정하여
누이의 눈망울엔
이슬이 맺히고
눈물 방울 흐르는 볼에
마지막
노을빛이 사그라지는데
읍내잔둥 너머로
어메는 언제 올꼬

모난 세상

영혼은 푸름을 떠다니며
자꾸만
날개를 퍼덕이는데
육신은 어제와 달리
무디어지기만 하여
뭍에 나동그라져
뒹굴고 있었다.

몇날인가
차체 속의 아이가
뒤뚱거리며
아장거리다 스러지고
저 건너
먹바람이 스쳐가는 모퉁이에
남폿불이 살락이며
잘뚝한 육신을 이끌며
거친 숨을 몰아 쉬었다.

슬퍼도 눈물이 없고
기쁨엔 웃음을 잃은 채로
목마름의 강(江)가엔 금이 가고.
허우적이는 모래밭에
방게 마냥
모로만 가는 세상이라.

그저,
말없는 땡볕에
흔들거려온 갈증을
이젠
한 모금 풀섶 이슬로
가녀린 목을 축일 뿐인가

무천기행

어느새
비비우던 날갯죽지에
비늘이 벗겨지고
어둠이 내리는 고독의 강가에
한 올의 빛이
타오르고 있었다던가

가난이 배인
윤기 어린 기억 속으로
축축히 묻어나던
삶의 고동이
초스라히 그리워지는 건
초로에 엉켜진
추억 탓이려니
오르내리던 황토길
진주 동리에 묻어있을

퉁퉁 부은 발그림자는
지워진 채,
캔버스 두드리는 열정은
지천명의 고개에
나래를 폈었다

어둠은
아침을 빗기 위한
침묵 속의 염원으로
양파 껍질에 한 꺼풀씩
살점이 붙어
더욱 젊어진 모습으로
님의 터울엔
당사실보다 강한
빛이 어우러져
한마당 잔치가 벌어지고 있음은

쥐어진 손끝에
냉기를 녹이며
천지에 구겨진 빛을 다름질하는 굴레에
벗겨진 물감들이
하나 둘 초인종을 두드렸나니

엷은 입가에
촉촉히 적셔오는 바래임처럼
살며시 다가와 앉는 빛무리
허연 알몸으로 드러난
화폭 위에
세월이 엮어낸 구산동 언덕엔
온통,
여름이 술렁대며
진홍빛 능금이
토실토실 익어가고 있었다

고목

온갖
원죄를 벗어버린 아픔으로
홀로 나와
홀로 있기를 거부하던
몸뚱아리는
희비애락을 잃어버린
침묵으로 살았거라

죽음의 늪에
살아 있기를
버둥대지는 않았거니
뉘,
찾는 이 없어도
한 줌의 비와
세상을 돌아 온
바람의 나풀거림으로
삶을 일깨우느니

세상 옷차림에
잊은 계절을 기억하며
가슴만 토닥이며
되뇌었던 생의 굴레라

뉘?
물러진 발가락에
생을
드리우드뇨
어허!
홀로 있지는 않았거니
버섯 뭉치가 피오르니
세상은
공생공사로고!

항해일지

타오르는 가슴으로
애젊은 돛을 올려
인고의 항해를 시작했던
불혹의 세월

숱한 기억 속엔
얼룩진 눈물자국도 있으련만
아린 가슴을 감싸는
둥지에는
사랑의 온기가 식을 줄 몰라
역풍을 잠재우고
순항을 이어왔으니

어느새
닻을 내린 선착장엔
젊디 젊던 당신의 자화상과

세월을 함께 한
동반자의 미소가
당신의 소중한 항해일지를
반겨드는데

이제
길고 긴 항해를 뒤로하고
새로운 생의 일지를
받아든 당신이여!
그곳에
못다한 꿈 지피시고
풍요의 가슴으로
향그러운 어른이셔라.

산골의 밤

빠알간 새악시의 볼 뒤로
까만 조수가 밀려오면
초롱초롱
어스레한 등불을 밝힌다

캄캄한 창가엔
별이 오손도손
달은 늦어지고
싸릿골 고개의 호롱불이
깜~빡
누구의 기다림일까?

물굽이는 휘도는데
멧기슭에 여우 울어
대나무 사귀사귀 떨리고
죽순 굽던 화롯불이
사그라져 가는 밤

어둠을 조금 내몰며

갓 둥근 달이

사립문에 걸리면

멍멍이 짖어대어

등불 심지를 돋우어라

경칩

봄살이
사뿐히 내려 앉은 자리에
길다란 겨울은
사그라지길래

저린 다리를
살포시 뻗으면
차디찬 냉기도
녹여지길래

시큰둥한 겨울 허리를
조금씩 조금씩 펴보이며
겨울 눈을 부비면
얼었던 손끝으로
파릇한 하늘이 눈웃음 짓고,
찬바람 스쳐간 둔덕엔
연록의 꿈들이
보시시 고갤 들어라

까치집

버드나무
구수한 진 속으로
생큼생큼 어둠이 묻을 즈음
서로의 깃 속으로
사랑을 눕힌다.

달과 별이
바람을 타고 내려와
엿보는 둥지엔
꿈이 새록새록
물밭골로 가드라만

낚시꾼의 기지개 속에
물비늘 날아
절리운 나래를 털고
풀잎 이슬이
몸 풀기 전
포륵 포륵 포르륵

하얀 기억

고요의 바다에
파도 하나 살며시 다가올 적마다
점점이 떠 있던 섬들이
부초처럼 돛을 다는 하늘

수평선도 없는
하늘 바다엔
새털구름 깃을 다듬고
잃어버린 시간 속에
돌아다보면
거기 고향마을 동산이 보이고
마을 어귀를 나는
잠자리 날개가
부러울 진대

잊혀진 날들 속에
어느새
허연 나이가 한숨을 토하면
가녀린 가슴 한 구석
더듬이 꺾인 풍뎅이가
제자리를 맴돌고 있었다.

봄의 거울

뚝길을 걸으면
미꾸리 숨소리와
풀잎을 뒹구는 벌레들 소리가
어우러진
살풋한 웃음이 들려라

진하디 진한 초록 내음
물씬 코 끝에 닿아
쟁기질하던 황소가
한 움큼
풀포기를 베어먹고
염생인 디룩디룩
맹구배 어루며
매-애-매-애

들길을 걸으면
물 비늘 논흙 냄새
땀 냄새와 어울린
촌부의
가쁜 숨소리를 들어라

하늘엔
풍성한 구름나라의
성곽이 들어서고
소학교 갓 들어간
막내놈 손가락에
하나 둘
모 뭉치가 헤아려지는데

산길을 걸으면
송진 내음 새똥 내음
아카시아꽃 숨소리가
혀 끝을 아리면
산새의 낭랑한
꿈거리 들리우고,
송홧가루 나들이하는
만남과 만남을 통한
인연의 거리엔
숱한
정들이 여울지어라

도담마을

하늘은 있으되
하늘의 은혜가 없는 듯
빛은 있으되
빛을 잃어버린 듯
아무런 색깔도
아무런 생기도
찾아볼 수 없을 듯한 나라

버림을 받은 듯
온동리 휘다녀도
맑은 물줄기 하나 없어
털썩 주저앉아
울어 버리면
눈물도 굳어버릴 나라

울어도 빛은 없고
설움이 굳어져
빛 한 줄기 머물 수 없어
사라진 고향이며
애섧게 떠나간 혼령의
마을이런가?

미루나무 숲에
달무리 지는데
산마루엔
봄도 가을도 없어
겨울이 오면
하마,
까치는 우짖을까

그래도
삶의 젖줄기 찾아

뿌리 내린 날
희뿌연 산허릴
잘똑 잘라
횟빛 땀값으로
산다 하는 곳

빛은 없어도
빛을 사들일 땅
하늘이 멀어도
하늘을 볼 수 있는 땅
그래서
축복 받은 땅
그래서
회색 웃음을 믿고
회색 뿌리 내리며
도담에 산다 하네

마취

덤덤한 무의식 속에
두려움은 이미
생활의 강가에 가려진 채
허공을 향해
시선을 버려두었다

아른한 어둠이 온다던가
가물가물
혼 없는 세계로 간다던가
시작과 끝을 알 수 없는
혼돈 속으로
잠시,
떠났다가 온다더라만

생을 미뤄두고
몽롱한 영혼은

잠시,
자막 없는 꿈 속으로
떠나간 채
육신의 분해가
시작되었거니

아스라이 안개에 싸인 나라에
점점
여명이 터지며
오늘로 돌아오고 있음이니,
발끝을 튀어오르는 통증은
비척비척
어둠을 밀치며
사람들의 얘기 속으로
돌아오고 있었다

임금님 귀는 당나귀 귀

왜 이리도
어둠이 길더냐
터널의 끝을 알 수 없는
안개에 밴 세월이
어기적 어기적
생(生)을 비틀고 있으니

기다림의 나목엔
꽃눈 터질 소망으로
오늘도
손 비비고 있건만
아득한 꽃샘바람이
가위 목을 누르며
부릅뜬 눈알로
입막음을 하고

우리네 피멍든 가슴은
벽제 화장터 그을음에
기도가 막힌 채
가슴앓이를 하며
진흙더미에 코 박혀
숨죽이고 있으니

헛 가슴 쓸어내리는 밤
남몰래 골목길 돌아
난지도에 가거든
둘러 둘러 앉아,
구겨진 언어와
숨겨둔 소리를 그슬려
가래톳이 서도록
외쳐 볼거나

임금님 귀는 당나귀 귀!
임금님 귀는 당나귀 귀!

잃어버린 기억

스쳐버린 시간의 귀퉁이
아직,
함초롬히 기다리고 있을
유년의 시절
기억할 수 있을까?
이미
흔적만 남은
회한의 일기장 낱말
교정할 수 있을까?

가슴에 응어리진
긴 방황 속의 눈동자
빛을 찾아
헤매던 날들 속에
숱한 토악질도 있으련만
아련한 회상의 저편

표정 없는 증명사진으로 각인되어
돌아갈 수 없는 길목 언덕배기에
서성이는 유년이여

두리번거리는 삶
이방인으로
낯선 거리에 방향감각 무뎌진 채
가녀린 떨림으로 서 있다
시간은 정지된 듯
바람의 깊이를 알 수 없는
세월의 숲에
동그마니
석고상으로 남아
굳어지는 가슴을
못내 쓸어담으며
잊혀진 언어는

어디쯤 추락하여
돗바늘로
파르르 떠닐다가
억센 나무 등걸에 끼인 채
녹이 슬고 있었을 것인가

흩어진 낱말을
찾아낼 수 있을까
잃어버린 기억 속을
헤집고 간다면
거기,
방황했던 시절
잊혀진 꿈의 그림자를
만날 수 있을까

비상

불혹을 넘긴 가슴으로
한 줄기 바람이 스며들 적
잊혀진 기억의 편린들이
모자이크로 맞춰지다가
부서져 내리고
다시금,
돌아갈 수 없는 안타까움에
뜨거운 목젖은 달아올라
읊조리던 언어가
엉킨 실타래에 갇혀
꺼이꺼이 목이 메었던
날들이여

언제쯤일까
나이테가 뭉개진 채
동으로 동으로 내달리던
열정의 숲에
덩그러니 도지는 아픔을 삭이며
방황하던 나그네

잠시
돌아보는 세상의 두께에
환각일지라도
젊은 초상화가 보이고
사랑의 그림자가 어리는 것은
아직,
그대 가슴에
희망의 끈을 묶어주는
둥지가 있기 때문이려니

그대여!
삶의 매무새를 추스르고
살아온 날들의 거울 앞에
도지는 아픔을 삭여
카랑카랑한 심장을 데워
잊혀진 꿈을 찾아 날아보자
퍼득 퍼득 퍼드득

갈증

시간은 바람을 탄 채
손가락 사이로 비껴가고
끝없이 기다린 목마름으로
하늘을 보면
구름 하나 없었다.

스치는 발자국마다
귀 기울이고
셋방 문 틈새로
흠 들리던 언어들이
무수한 종이배로
떠 간다는데

한 올의 매듭을
풀지 못한 손끝에
아리던 배앓이는
어둠에 등을 밀리며
새우잠으로 빠져들고

이슬이 사려 앉은 창
하늘만 믿은 눈언저리에
그리움이 고여 얼룩지는데
꿈에 들거든
한 줄기 사랑 찾아
달려가리다.

사랑의 상록수

이립(而立)의 터울에
꽃망울 맺히는 날
뜨거운 가슴의 언어로
심지 곧은 붓을 들어
작은 둥지를 틀으려는데

사랑의 믿음을 들어
그대 가슴에 붓노니
한 누리에 비쳐질
빛으로 남아
뿌리를 내리시게

지나온
서로 다른 생의 들녘엔
방황과 고뇌의
아픔도 있었으려만

인연으로 맞댄
두 가슴에 깃든 사랑은
하늘 아래 뜻이라거늘

여느
바람먹에서도
꺾이지 않고
시새움의 세파에
흔들리지 않는 모습으로
그대들 누리에
감겨지는 햇살이
한 폭의 고운
명주베로 남아
훗날
사랑의 믿음이었더라고
소슬바람이 답하도록

그대들이여!
어버이 가슴 헤아려
진하디 진한 올곧음을 닮아
사랑을 익혀가는 날
봄 두덕에 서 있을 상록수엔
아침 햇살이 눈부시고
새들도 노래하리라.

봄 취객

바람개비 휘돌고
훤한 대낮에 앞이 뵈지 않음은
봄기에 취한 몽환의 눈이라
겨울을 견뎌낸 가슴에
바람구멍이 숭숭 뚫리는 통증을
봄을 찾아온 진달래 입술로는
달래진 못하리니

아린 혀 끝을 맴도는 헛구역질은
기다리던 봄볕을 잉태한
곁눈질 없이 살아온
이순의 바람기런가

봄아 봄아!
언덕에서 떠니는
제비꽃만 달래지 말고

섯붓 섯붓
큰 걸음으로 달려와
꼬옥 안으시어
켜켜히 멍든 그리움을
쓸어내리는 날,
새록 새록
봄 꿈에 취하게 하라!

여린 귀가

빌딩의 그림자
뒤꿈치 따라
평화동 비둘기가 귀가하면
퇴색하는 다리 밑으로
초롱을 들고 나오는 도시

그 도시 골목엔
유혹이 손 내민 채
가려운 호주머니 안을
들여다 보며 군침 삼키고
짙은 구미호 눈썹으로
을러대는데

귀머거리 모퉁이 돌아
고개를 들면
닭똥집 굽던 주모가
찬바람을 데우며
아프디 아픈 얘기를
고숩게 익히고

오늘도
새끼손가락 만한 꿈 키우는 셋방으로
무딘 걸음 재촉할 적
별이 따라다닌
변두리 가게엔
빨간 사과가
아이처럼 웃고 있더라.

물보라

그리움에 애닮이다
죽어 혼령이 되었기에
뭍에 두고 온
사랑에 절인 가슴은
이 밤도 너를 어루려
이렇게 버둥거리며
부서져 내린다.

그대여!
한 줌의 물빛으로
네게로 달려가는
나의 노래를
듣기나 하겠는가?

두드려도 두드려도
일어나질 않았네

밤새 너를 부르다가
죽은 혼령이
물보라 되어 울부짖어도
일어나질 않았네.

소매를 걷어 올리고
잠방이를 질끈 동여 매고
드넓은 가슴팍에
뜨겁게 달여 온
나의 꿈을 들어 보라

달빛이
어디론가 마실 나갔기에
달의 아들들이
총총히 하늘 곁으로
온 세상을 휘돌다 와

네게로 달려가는
나의 발길은
가볍기도 하더라만

그대여!
악몽에서 깨어나
서둘러 창을 열고
나의 뜨거운 품 안에 안겨와
너의 영혼을 데우거라
나의 둘도 없는
겨울새여
겨울새여!

3부

방황

시월의 추억

토라진 아이를 달래 듯
어루만지는 목소리
내 어머니의
잊혀진 달콤한 숨소리가
바람결로 다가오는데
연하다 못해
파란 꿈길에 실려
맑은 빛줄기로
가을밤을 물들이고

콘트라베이스의 선율을 따라
팬플루트의 발자국은
가을 여행을 유혹하며
가녀린 숨을 몰아 쉬고
한올 한올 깊었던 한숨의

덧문을 열 즈음
비상하려다 놀란 잠자리 날개가
푸륵 푸륵
긴 오선지 끝에 앉아
숨을 고른다.

갈증을 축이려
바람 따라 길을 나선
사랑들이여
잠시, 머물던 자리에
사람내음의 합주가 들리거든
꿈길에 들어도 좋으리

젊음과 노익장이 얽혀진
바람소리는
삶에 지친 이들의 좁은 어깨를 어루고

목이 쉰 파열음도
아픈 목젖을 다독거려
따사로운 마음으로
달래 주려니

너울 너울
덩실 덩실
춤이라도 추고픈 바람이여
가을 저녁 어둠을 밝히는
따스한 손길로
다가서는 소리여!
그대들 앙상블은
시월의 감미로운 추억이로다.

사랑의 밀알

사랑을 달여
두 가슴을 모아
한 올의 꿈을
수놓았거라

작은 바람에 흔들리던
가녀림일랑
서로의 눈빛으로 달래우고
시새움의 언덕을 넘어
곱디 고운 믿음을 모아
손꼽아 기다리던 날
꿈길은 트였고
환희의 아침은 밝았거니

아이야
우렁찬 첫 울음에
엄마는 꿈길을 타고
가슴앓이 하던 아빠는

한 세상을 안았음이니

봄 햇살이 사뿐대고
꽃망울이 미소짓는
오늘
네게 약속하련다

온 날들을 같이 할
사랑의 둥지에
행복을 수놓으리니
아이야!
들녘을 내달리는 야생마처럼
가을 하늘을 나는
힘찬 새의 날개짓처럼
큰 꿈을 키우며
올곧은 가슴으로
당차게 크거라!

학천기행

호남 들녘을 돌던 바람은
백제와 조선을 오가며
벽골제의 숨은
전설들을 전하고
숱한 역사의 고리를 찾아
길을 나선 사람은
십수 년
마른 두 마지기 문헌을
뒤적였다는데

희미한 기록을 쫓아
헤매이던 길이 막막하여
차라리
꿈이었는지
깨어나면
온통 손끝을 아리는 민초의 숨결

호남벌 한켠에
장승이 된
벽골제 수문 석주의
이끼 낀 틈새를
서성일 적마다
한 겹 두 겹
실록으로 남겨지고

눈물이었는지
땀물이었는지
밤을 뒤척여
흔적 없는 그림자를
따라나선 발길엔,
모진
세월의 턱이
날을 세우고

보일 듯 보이지 않던
한국인의 족적을 모아
오늘
몇 올의 작은 매듭으로
환생시켰어라.

이제,
작은 소망을 깁던
인생의 거울에
차곡 차곡
역사의 알곡들을
챙겨두었으니,
주름진 얼굴에
홍시처럼
김제평야 노을이 물드는
학천님의 고희는
아름다워라.

별리

팽나무 가지를 스치우던
카랑카랑한 바람이
뒷문 틈 사이로
헤집고 들어와
당신의 가슴 속을 파고들 때
소쩍새는
연신 울어댔다는데

당신은
올망졸망 오남매의
해진 옷섶을 기우며
손마디마디마다
소나무 등껍같은
나이를 드셨음이니

그리도
작은 가슴팍에
한은
그다지도 깊어
설움 한 됫박 길어 올리던
잿빛 두레박엔
함지박만큼 휘영한 달빛만
가득 고였다지요

어머니
그리도 애절운 가슴으로
품어둔 씨알이
이제,
막 피어오르는 꿈을
나누지도 못한 채
훌쩍 가시다니요?

깁고 기운
명주빛 벼갯닢에
이제 막
눈물이 마를 즈음
그리
설핏 가시렸나요

가시거든
부디 새가 되소서
이제
곡진 삶의 울타리에
빗장은 풀렸고
당신의 텃밭에
다섯 밀알들은 영글어
당신의 애린 가슴을
다독거리오니

어머니
그 숱한 인고의 터울에
다져진 무한 사랑으로
이쁜 파랑새 되셔서
가지려던 꿈 찾아
훠리 훨훨
훠리 훠어얼
날아가소서!

봄의 향연

눈을 지그시 감으면
단소의 선율이 어둠을 가르며
하늘에 별을 뿌리고
열려진 틈새로
살박 살박 다가오는
건반의 발자국 소리

가녀린 어깨를 흔드는
청아한 목소리에
닫혀진 가슴을 열어젖히면
묵직한 머릿결을 쓰다듬어
빗질하는 소리,
맑디 맑은 봄 기운에
눈이 트이고

가슴을 파고드는 소리

봄빛의 화살이 되어

막혔던 심중을 뚫고

진달래 꽃망울이 터질 즈음,

나물 캐는 소녀를 부르는

산울림 속에

움츠렸던 어깨를 다독이며

겨울잠을 깨우는데

봄꽃의 향기에 취해

맴도는 벌의 몸짓은

압록과 백두를 넘어

봄을 나르는 전령사로 다가와,

종다리 화음으로 부비며

몽롱한 세파의 꿈을

달콤하게 익히나니

그대여!
잠시 머물렀던
한중문화의 밤은
해묵은 과거를
실타래 풀 듯
지천으로
꽃비를 내리거라.

달빛 사랑

잠시
스치던 바람결에
한 마디 언어로 다가와
달빛에 실려 온 밀어가
가슴에 별이 되었거라

이미
정해진 인연처럼
급물살 차고 오르는
연어의 몸틀임은
그리움 찾아가는
파닥거림으로
가식의 비늘이 벗겨져
알몸사랑이 잉태되고

어둠이 오거든

미소진 초롱으로 다가와

지친 삶의 멍에를

살포시 풀어내어

어미새 가슴으로

품어 안는 이여

행여

잠시 떨어진 날들 속에

그리움이 새록새록 다가와

엷은 가슴팍을 후비며

소용돌이치는데

그대여!

사랑에 절여진 가슴은

어찌할거나

사랑의 동심원

어둠을 밝히는 기다림으로
동해 물줄기 타고 오는
태양의 정열을
한 움큼 쥔 채
달려 오던 사람아

바람의 오래기 풀며
동동거리던 조바심 속에
새벽 들녘을 달려 올
백마를 기다려
꿈을 키우던 사람아

숱한 인연의 거리에
심지 돋우어
사랑의 등불을 밝히는 날,
그대들
동심원 가슴엔
순백의 목련이 봉오리 맺고

희비애락의 숲에
두 줄기 바람으로 돌아나와
하나가 되어,
진흙에 오똑 선 연잎구슬의
영롱한 빛 한 모금은
세상의 빗장을 여는
두드림이리니

그대들이여!
초옥(草玉)의 꿈이 번지는
봄날,
둥지 튼 날부터
뭍을 떠날 때까지
훈기 도는 사랑으로
행복하여라!

막장의 꿈

그대 엷은 눈빛에
무지개 뜰 녘
별을 보게 되리고
아침 햇살을 꿰는
이슬도 보려니

꿈은 있어
생의 조각들을
땜질할 땐
부디
새소리 닮았겠거니

어둠은
빛을 얻기 위한
가슴앓이
어둠 속으로 출근하던 이는

한 종재기 지하의
문턱을 지나
어둠 속을 삽질하였으니
뉘
운명이라고 말하던가

오로지
하나님을 믿은 이가
자신을 섬기려 함은
이단이 아닌 탓에,
생활이라는 이름으로
작은 둥지에 희망을 심을 적
검은 막장에도
희미한 꿈은
반짝이리라

통리재 아리랑

하늘이 가까운
안개 마을
힘센 기관차의 거친 숨소리가
이골 저골 돌고 돌아
무릎팍을 올려 놓고
숨 돌리는 곳

하이야!
쉬 가리다
그늘도 없어 그림자 잃은
작달만한 솔가지엔
송글 송글
안개 이슬 모여
환생을 소근대는 곳

허우허우
한 움큼 숨통을 써레질하면

저만큼
개장수 저울질 소리
안개 걷히는 날 정오
서울행 화차 속엔
주인과 이별한
누렁이와 검둥이가
눈망울을 껌벅일 즈음

빠꼼히
창 내다보면
안개나라 공주의 화신 들국화야!
고요를 깁던 가슴 치며
우리,
아리랑 노래라도
다같이 불러대자

원앙의 꿈

사랑을 깁던 정성으로
하늘을 우르렀거라
바람에 부쳐
가슴에 심어둔 밀어를 꺼내면
아침 햇살에 영롱하게 눈부시는
꿈이었거늘

그리움으로
타오르는 가슴에
영글어진 소망의 기다림은
믿음의 등불이 되고
내일을 향해 내딛는
사랑의 밀알이거니

그대여
심중에 새겨둔 언어를 내밀어
가슴을 맞대인 날
하얀 순백의 드레스에
사랑의 향기를 뿌리오리니

그대여
너와 내가 아닌
우리라는 둥지에
고운 햇살을 들여와
행복을 지필 즈음,
우리는
한 길로 가는
이쁜 원앙이어라

열세 살 동이에게

천진난만한 웃음으로
재롱 피우며
그저 한없이 바라만 보아도
너의 까만 눈동자 속엔
초롱초롱
꿈이 샘솟았더라

아장아장
걸음마 익히기가
엊그제인데
어느새 열세 살 동이가 되어
부쩍 커버린 엄마 키로
아이야
장대비 스쳐간 하늘은
온통 짙푸르고
너의 꿈은
높아만 가던데

너의 세계는
자유로움으로
바다 하늘을 나는
갈매기 조나단처럼
야무진 희망을 키우고,
무엇이든 하고픈 호기심에
마냥
내달리고 싶으련만

아이야
한 걸음 한 걸음
너의 분방함을 다독이며
너의 샘솟는 열정을 추슬러
힘차게 나래를 펴려무나

일찍 일어난 새가
좋은 모이를 취하듯

노력하는 이에게는
꿈이 익어가느니
힘찬 용기와 지혜로
새로운 미지를 향한
너의 걸음마가
힘찬 시작의 고동이려니

아이야
어렵고 힘든 날을 이겨내
튼실한 거목이 되어
지친 이에게 쉴 그늘을 만들고
어려운 이웃을 위해
슬퍼할 줄 알며
올곧은 마음으로 포용할 줄 아는
커다란 산을
닮아가거라

소망

메마른 도시에
돌개바람이 일 적마다
희뿌연 안개에 갇혀
지척을 알 수 없는 날
가슴으로 달려온 언어로
심지 곧은 붓을 들어
어둠을 밝히는
초롱이 되려는 거니

작은 불씨를 모아
한 올 한 올 엮은 믿음으로
세상의 헛한 가슴을 두드리노니
온누리 비칠
큰 빛으로 남아
뿌리를 내리옵고,
거치른 들녘엔

순환하는 생명의 기지개도 들렸거니
이립(而立)의 강가에
모여드는 소망은
하늘 아래 뜻이라거늘

숱한 바람 막아서도
꺾이지 않고
시세움의 세파에
흔들리지 않는 모습으로
그대들 누리에 감기는 햇살은
한 폭의 고운 명주 베로 남아
훗날
대한의 희망 노래였다, 라고
온 바람이 답하도록
달려나가고
그대들이여!

사람 내음 묻어나는 가슴 헤아려
진하디 진한 뜻을 담아
꿈을 익혀가는 날
아침 햇살이 눈부시고
새들도 노래하리다.

시인의 귀산(歸山)

도시를 마다 하고
산으로 돌아선 이가
강바람 흐르고
산새들 노래하는
싸릿골로 가더니
봄이면
산나물 무치고
가을이면
머루주에 취한 채
시눗대 우니는 소리를
사랑했다더라

그렇게
버둥거리지 않아도
그렇게
울고불지 않아도

가슴앓이 한번
흔하디 흔한 감기 한번
모르며 살고
그렇게 간들거리는
주변머리 없어도
개울에 흐르는 물을 닮아
산 기슭에 우니는
여우 소리마저 사랑스럽다더니

어느 날 저녁
해묵은 다래주 동이를 메고
텁텁한 웃음으로 대문을 열며
토담집에 자리 잡은 벼라별 얘기와
온갖 달 노래와
바람 소리 흥얼대더니
꿈을 못 잊어

산을 못 잊어
아이의 울음 하나 달래지 못하고
바람 따라
가버렸다더라

오늘도 멧산 기슭에
소쩍새는 우는데
그는 어디서 날을 세우고 있누
대밭에 잠들어버린
외롭지 않을 시인이여!
오늘도
달과 별과 바람을 노래하는가?
시눗대 우니는 소리만
더욱 서러웁고나

도작문화(稻作文化)를 찾아서

군산항을 맴돌던 해풍이
만경 들녘을 돌아
거침없이 내딛던 서풍은
흔적마저 희미한
벽골제 수로를 따라
월성마을을 지나
황산에 멈출 듯 싶은데

남도의 바람을 타고
영산강 둘러
서울로 향하는 기적 소리에
눈 부비던 소년은
새벽 안개 속을
휘적휘적 달려나가
봇도랑을 채우는
쿨럭거리는 무자위 기척에

기지개 켜는
벽골제 장생거를 보았거라

벽골제 없는 벽골제엔
휘여진 역사만 덩그러니 남아
숱한 시대를 넘나들며
켜켜히 거미줄에 묶인
문헌을 찾아 헤메이던 이여!
신라부터 조선까지
족적의 그림자를 찾아
우직한 황소의 뚝심으로
덮여진 실록을 쟁기질하면
엉켰던 역사의 실타래는
풀릴거라는 소망으로
채워도 채워도
채워지지 않는 역사의 바랑엔

또다른 열정이 움트고
가끔
바람결에 전해오는
품앗이 전설일랑
정갈한 채로 거르기도 했건만
밤이면 꿈마다
신털미산을 오가던
민초들의 땀과 눈물이
귀를 후벼파는 듯 하였으니

인고의 세월 속에
역사의 농필일랑 막아보려
오직 올곧은 마음을 다려
김만경 들판을 휘젓던 기운으로
발품을 팔아
한 뜸 한 뜸

솎아낸 도작문화사로
오늘
속심을 내 보이니
아련한 역사를 품은
벽골제 둔덕엔
토독토독 봄싹들이
어깨동무를 시작하리다.

사랑의 약속

긴 겨울 끝을 맴돌던
찬바람이 잦아들 적
순백의 목련꽃 미소로
다가와
봄을 지피는 신부여!

지나온 숱한 날들 속에
속절없는 그리움은
아마도
가슴에 새겨둔 밀어가
환생하여
사랑이라는 이름으로
닻을 내린거려니

연하디 연한 약속일랑
뜨거운 가슴을 맞대
고솝게 익혀가고
도란도란
서로의 정을 토닥이면
사랑은
여물어 가려니

어느 드센 바람이 헤집고 들어와
둥지의 문설주를 흔들거든
그대들
꼬옥 잡은 손으로
헤쳐나가고

혹여
세파의 돌부리에 걸려
아픔이 올지라도
보석같이 변치 않을
오늘의 맹세로
사랑을 키워가면
그대들 둥지엔
행복의 미소가
넘실거리리.

가을 숲

산길을 걸으니
풀벌레 합창단이
숲 무대 커튼을 열어주고
살긋살긋 살걸음으로
다가오는 낙엽 소리에
귀 기울이면

조랑조랑 산밤들이
토실토실 익어가고
알집을 나온 도토리들의
도알도알 수런거림에
신바람 난 새끼다람쥐

사붓사붓 바람결 따라
오솔길 돌아서면
버섯뭉치가 기지개 켜며
발꿈치를 쳐드는데

잠시,
숨을 몰아
우듬지 사이로
올려다 본 하늘마당엔
그리운 님의 미소가
피어올라라

학당기행

어렴풋이 기억을 더듬어

만경강 둑을 그리노라면

어느새

수마지기 논빼미가 들어서고,

캔버스 위엔

잊혀진 고향이

스멀스멀 밀려오는데

소년의 손엔

포도나무로 태워 만든

목탄이 쥐어져

회푸대종이 위에서

춤을 추었다 하더이다

이립(而立)에 시작된 열망이

불혹(不惑)을 지나

우락부락한 손 매듭이

닳고 닳아
땀과 눈물과 혼을 담은 화폭은,
지천명(知天命)에 들어
허물을 벗더니
꿈 넘어 꿈을 꾸며
또다른 출발선에
손을 비비우며 서있더니만

어느 날
화폭에
옻칠을 덕지덕지 묻히고
불변의 색을 찾아
노을 속으로 가더니

어둠은
아침을 빗기 위한

침묵 속의 염원으로

그림에 혼을 실어,

풀었다가 감았다가

운명을 다 할 때까지

그리는 것이 꿈이라는

소박한 모습으로

님의 터울엔

당사실보다 강한

빛이 어우러져

한마당 걸판하게

잔치가 벌어지고 있음은,

곱아진 손끝에

온기를 불어 넣으며

천지에 구겨진

빛을 다림질하는 솜씨로

벗겨진 물감들이
하나 둘 초인종을 두드리나니

엷은 입가에
촉촉히 적셔오는 바래임처럼
살며시 다가와 앉는 빛무리
허연 알몸을 드러낸 화폭 위에
냉기를 쫓으며,
눈에 넣어도 아프지 않을
손녀 앞세우고
또 다른 항해를 시작했음이니
님이여!
휘적 휘적 꿈찾아 가소서

봄나들이

도시의 덧문을 나와
밭둑에 들어서니
햇볕 한 모숨에
쑥쑥 나온 쑥들이
조막손 들어
양팔 벌림을 시작하고

냉기 빠진 바람결에
노란 냉이꽃
양지녘에서 졸리운 듯
꾸벅이는데

보송보송
솜털뭉치를 매단 버들강아지
파란 하늘에
후욱 불어대면

새털구름 되어
바람 타는 봄

도알도알 수런대던
청매화 꽃눈들이
탱글탱글 부풀어
금새
터질 듯한 봄이여!

망망바다

별도 없는 밤을
지새운 바다는
멍이 든
감청빛 가슴을 열어
민숭민숭한 몸을 말리는 한낮,
드넓은 바다는
남쪽 끝자락부터
은빛 비늘을
다듬고 있었다

하늘은
바람의 고삐를
소리 없이 조이고
소름 돋은 바다를
미끄러져 가는 유람선,
사람들의 유희 속에서도

길들여지지 못한 사람은
외롭다

가끔
제 갈 길을 찾아가는
지친 화물선이
수평선에 걸터 앉아
졸고 있는 듯한데,
유순한 바다의
가느다란 숨소리를 타고
살박살박 유람선은
외로움을 가르며
소리 없이
스크루를 돌리고 있었다

신부에게 바치는 노래

겨울 강가를 맴돌던
드센 바람사위도 잠들고
초옥(草玉)의 산야에
싱싱한 봄기운이 돋는 날
사랑의 뜻을 모아
한 길로 향했음이니

그리도
숱한 망설임과 설레임으로
철부지 가슴에
아침은 열리고
진한 사랑을 지닌
눈길엔
봄의 새순이 돋을진대

신부여!
백옥의 꿈을 짓던
순수의 목마름으로
동반의 길목에서
소망을 부풀리고
한껏,
터져오르던 기두림은
하늘을 나는
백조를 닮았음이니

조금은 시샘하더라도
이웃을 사랑하고
조금은 아플지라도
하늘의 뜻을 섬겨야나니,
포용의 길로
손을 맞잡고 나선 귀퉁이에

바람이 찬들 어떠랴
시험에 들면 어떠랴

작은 사랑의 심지로
맞대인 가슴에
세파의 파도도 드셀지니
아픔을 견디며
사랑의 둥지를 트는 날,
봄의 아침은 열릴 터
우리,
상록의 씨를 뿌려
더디어진
초록의 창을 열자
나의
신부여!

아침 햇살

밤새
별이 빠지고
달만 배회했던
차갑던 바다를
가만가만
흔들어 깨우는
아침 햇살

눈이 부시도록
바살거리는 햇살은
외로운 섬들을
하나 둘 일으켜 세우고,
산을 흔들어 깨우자
바다새들은 기지개 켜며
금빛 바다 위를
튀어 오르는데

바다는
밤새 아무 일 없었다는 듯
시치미 뚝 떼고,
집 떠나온 여행객의
늦잠을 깨우던 아침 햇살은
외로운 사람의
눅눅한 마음을
뒤집어 말리며
달래기 시작했다

황금 새벽

정유년 매듭을 뒤로 하고
상서로운 기운이
여명을 두드리면
동방에 떠오르는
황금빛 태양이여!

한라에서 백두까지
온누리를 비추어
어우렁 더우렁
모두를 품에 안으면
소망은 움트고
희망은 솟구치리니

아해야!
닫혀진 마음의 덧문을 열고
밝아오는 햇살에
꿈 몽우리 맺힐거니
무술년 한마당
신명나게 살아보자!

봄 기척

응달의 잔설이
아직 얼얼한데
엄동설한을 견뎌 온 이들의
기지개 켜는 소리,
널브러진 시금치
몸을 추스리고
삭정이 속에서 언 손 녹이는
쪽파의 생명력이 경이로운데

냉기 빠진 살풋바람도
감미로와
깨끼손가락만한 쑥도
빼꼼히 고갤 들어
달달한 햇볕에 졸고,
선눈 뜬 버들강아지를 어루는
바람이

연신 겨울을 밀어내고
봄을 재촉할 적

양지녘에 새촘하게
몸 사리는 풀싹들,
옹기종기 모여 앉아
속삭이는 소리
봄이 왔대요
봄이

그대 수틀에 다가가

태초에
너와 나는 하나라서
벼라별 그리움에 뒤척이다
사랑을 부를 적
하늘 마당엔
네가 있었다.

한시도 소홀함이 있었더냐
토라진 너의 등이 보이던날
기다림에 귀 대며
하늘만 보다가
목이 긴 학이 되어서도
나의 가슴은 모자라
너를 찾아가는
바람이 되고 싶었다.

나래가 힘겨울까
먹 바람이 길을 막을까
밤으로 새긴
나의 그리움은
심지 깊은 촛불로 남아
메마른 어둠을 밝히고
사랑의 언약은
나의 뇌리에 박혀
맴을 도는데

이밤사
한 올의 미더운 소망은
달빛을 수놓는
그대 수틀에
별 총총걸음으로 다가가
나의 뜨거운 가슴을 붓노니
그대여
사랑의 입맞춤이나 해주렴

봄마중

봄이 온다기에
봄마중 나갔다가
봄에 취해
온 들녘을 쏘다녔지요
쑥내음 따라
버들강아지
솜털 얼굴을 어루는
바람결 따라

서두른 발길에
새싹이 다칠세라
숨 죽이는데,
조막손을 쑤욱 내밀며
보~옴 하고 귓속말로
저희들끼리
수런거리는 새순일랑
행여 밟지 마세요!

봄이니까요

아직
옆집 아이와 손이 닿지 않아
발 뒤꿈치를 오므락거리던
민들레가
배시시 웃는 노랑 미소에,
여리디 여린 봄은
어느새
무릎까지 차올랐네요

방황

잃어버린 기억이
고개를 쳐들 때
환상만 피어 오르고,
짓눌리던 가슴엔
또 다른
어둠이 고인 채
하염없는 기다림이 터져
얼레지꽃이 되어도
한이던 것을

웃어보려마
구름이듯
바람이듯
세월에 맡겨두고
돌아서서 웃어보려마,
가슴에 남은 핏빛이야

장미빛이던
설움덩어리던
접어둔 채

오늘도
바람 찬 언덕에
서성이는 방랑자라,
아픔을 달래며
무교동 낙지 골목에서
목에 걸린
또 다른 나이를 먹으며
독한 술잔에
설움을 담는다.

바람 나그네

기다림은
애절인 방황에
토막이 나고
바람에 실려
자리를 비껴간 틈새로
아픈 기억이 등걸처럼 박혀

꿈에 들면
바람결에 별이 뜨는 소리
잡을 수 없는 무지개처럼
떠도는 바람덜미 하나
휘어잡을 수 없는 애련으로
발만 동동거리는데

숱한 기다림의 여운이
잔바람으로 남아
오늘도
서성거린 길목엔
애증만이 뒹구는데

길은 하나
허공에 외치던 넋두리가
바람에 실려가는데
어디로 갈거나 바람아
또,
어디로 갈거나

가을 나들

외로움을 삭히려
길을 나섰더니
보드라운 바람결이
동행하더이다

그 바람 따라
숲 모퉁이 돌아서니
거미들이 중무장한 채
솔잎 몇 개와 나뭇잎 걸어놓고,
도린곁 길목을 지키며
건방떠는 나방을 노리는데

고추잠자리의 나긋한 유영
은은한 귀뚜리 합창에
세줄나비의 나풀 춤사위가
감나무를 돌면,

달달한 햇볕 한 모숨을
온 몸으로 받아 낸
홍시가 화답하 듯
곱게 물든 이파리를
날려 보내는 가을의 오후

그 보들바람에
대추가 탱글탱글 익어가고
밤송이의
히죽거리는 미소가
빈 주머니를 채우면,
축축했던 외로움도
슬며시
가을볕에 뒤척이며
말려지고 있더이다

사고

도랑의 숲을
헤아려 왔던
두 팔을 잃어
꿈망울이
산산이 부서져 버린 날
한숨에 저린
나는 무엇이오이까?

세상 밖으론
바쁜 손길들의
온갖 얘기 소리가
멀쩡한 귓속을 후벼 파대고
그래도,
산 사람은 살아야 된다고
밥상머리에 앉으니
설움에 겨워 목젖이 막히니
나는 진정 무엇이오이까?

보소!
작은 아픔으로
웃음을 잃지 않은 이야
날이 새면
새가 되리라지만,
흙을 만져보지도 못할
몸뚱이야
두더지라도 되곺소만

안타까운 동공 속에서
눈물은 쇠어버렸고,
어둠치는 하늘가 틈새로
친구가 잡아온
약에 좋다는 황금빛 잉어를
아내가
살을 다 발랐을 때,

머리만 남은
잉어 눈이 꺼끔 꺼끔

십수 년 살을 나눈
아내마저
참아 둔 오열이
터져 흐르는데
나는 진정 무엇이오이까?
정녕 무엇이오이까?

반쪽 사랑

구름을 헤아리던
숲에는
욕망의 꼬리를 말며
셈놀이만 늘어갈 뿐

심지를 태우는 촛불은
혀가 갈라지는 기갈 속에서
이슬을 찾아
어둠 속을 헤매야 했다

사노니 외롬이라면
생이 고독이길래
반쪽 인생을 핥으며
하나로 족한
사랑의 동심원 속에
그리움을 담으려는데

하나님 하나님!
빛이 새어 들면
또다시
고개를 쳐들어
아침을 맞으러 가얄테니
사랑을 잃어버린
새는
어찌 날까요?

4부

화이부동

사랑의 열병

먼 길을 마다 않고
단숨에 달려온
사랑더미 부여안고
훌쩍이다가,
크고 작은 인정 사이를 오가며
둥지 짓던 이들이
고요에 취했던 밤으로
우린
어둠을 까먹고 있었지

달무등을 타고
별마당을 오가며
사랑을 속삭이느라
날이 새는 줄
네가 보았겠나
내가 보았겠나
별을 헤아리던 손가락이

하나 둘
스러져가는 애태움으로
어느새
붉디 붉은 태양이 돌아오는
아침을 보았지

너는
바쁜 걸음의 아침으로
내 홀로
갈밭을 쏘다닐까봐
둥지에 자물쇠를 채우고
귀 기울여 애닳이며
하루를 시작했지

행여 나는
세상의 독수리에 뜨일까봐
숨을 죽이고

한 마리 사랑의 매가 되어

발을 동동 구를 때

너는

사랑의 열병에

오돌거리는 산토끼 되어

나를 기두려

귀를 곤두세웠다

때가 되거든 낚아채리니

나의 애끓는 가슴팍에

파고드는 사랑을 꼬옥 안고,

훨훨 날아

우리 둘이만 살아갈

무인도로 가자꾸나

애잔하고 철없는

나의 사랑아!

가을 앓이

가을만 오면
가슴이 시리다
따스한 양지녘에
나가보아도
허한 가슴은 데워지지 않고

채워지지 않는 그리움
외롭다는 것은
삶의 투정이거나
사랑받기 위한 기다림인가

그대
눅눅해진 마음을
가을볕에 말려보자
달달한 햇볕에
퀴퀴했던 가슴을 꺼내어
너른 하늘에 펼쳐보자

그러면
멍든 가슴에
온기가 채워져
소삭소삭 감이 익어가듯
시린 사랑도
익어가리라.

아버지 마중

타그락 타그락
신곡리 지나
어둠을 가르며
페달을 밟는 소리
지금 쯤
범덕골 고갯길을
힘겹게 오르실
내 아버지

자전차 뒷짐에는
오남매의
허기진 배만큼이나
삶이 짓누르고
패인 길바닥에
온종일 시달렸던
팽팽한 타이어가
반쯤 주저앉은 채
달음질해 왔으니

동구밖으로
마중을 나온 세째 놈의
아버지! 소리에
페달을 내린 아버지
뒷짐을 밀어대는
아들의 거친 숨소리에
잔잔한 헛기침으로
미소를 대신할 적

구름 사이로
얼굴을 삐죽이 내민
달님의 눈길에 들킨
내 아버지 이마에는
송글송글
자식들의 꿈망울이
반짝였거라.

소갈머리 없는 밤

밤새
두리번 두리번
뒤척여봐도
어둠은
벗겨지지 않았다

입술은
버석버석 마르고
자리끼를 연신 마셔대도
마른 침이 돋는
한밤중 기갈에
기억되지 않는 하얀 꿈 속을
들락거리기도 했다

불면의 밤
탈 탈

날밤을 새우고
들지 않는 잠을 만지며
드러눕지만
이내 뒤척이다가
붕어눈이 되어
어둠을 까먹으려는데

여기 기웃
저기 기웃
마음 두지 못하는
방랑객처럼
티브이 모니터가 반질거리도록
밤새 기웃거리며
한밤중 속살을 들여다 본다
남의 말은
사흘을 못간다는데

가끔
먼저 떠나간
친구를 떠올리며
주억거리다가
삶이 별거냐고 헛웃음 치며
내가 떠날 땐
어쩔거냐고 반문하면서
풀기 없는 머리칼을
쓸어 올리며 쓴웃음 짓는
소갈머리 없는 밤이다

봄맞이

봄이야
봄이라구
봄이 오는 길목에서
코로나 무섭다고
날숨만 쉬고 살란가요?

행여
스치는 냉바람에
잔기침이라도 나올라치면
이웃 눈치
저웃 눈치
마른 침을 삼켜야 했던
숨 막혔던 시간들

그래도
봄이 오느라고

앞서거니 뒷서거니
뜀박질할 때,
땅의 생명체는
모두 손을 내밀고
꽃이란 꽃들은
활짝 피어 방실대는데

우리 봄 맞으러 가요!

봄맞이 들길에 나가
들숨 한 번
마음 놓고 쉬어 보자구요!
그러면
봄 향기가
화~악 달려들 테니

가을 풍경

햇볕에 나앉은 잠자리가
시울시울 졸고
바람의 시샘도 잦아든
가을의 오후

아직 산등성이에 걸린 해가
산그림자를
마을로 밀어내며
오늘의 뒷채비를
서두르는데

부지런한 산비둘기
콩밭을 오가며
디룩디룩 맹구배 되어
날개짓이나 할 수 있을런가
여남은 까치밥 매단

똘감나무엔
바람결이 머물 적마다
가을이 깊어가는데
마실 나간 까치는
언제 돌아오려나

외로운 산그림자
숲으로 돌아가고
수확의 노곤함을 감싸는
저녁이 고솝게 익어가면
들녘을 산책하는 달빛마저
풍요로워라.

그리움

그대라서 보고싶다
연꽃 향기가
그대 내음이고
부용의 함박 미소가
그대 눈웃음이며
물그림자 위로 비친
그대 눈동자가 그립다

사랑이란
쓰디 쓴 약보다 진한
마약 같은 것
가슴 조린 예감으로
피워내는 꽃

사랑은
집착이 아닌
오랜 기다림과
그대의 미소에
귀 기울여 주는
그리움의 나이테이다

봄의 길목

봄이 오는가 싶어
길을 나섰더니

치렁치렁 수양버들
가지마다
실눈을 뜨고

눈치 빠른 찔레나무
자기 살을 찔렀는지
어느새
잎눈을 틔우는데

혼자서는 말 못하여

어깨동무 나선

개나리들의 조잘거림에

봄비 머금은 버들강아지는

보송보송한 눈썹에

곱디고운 그리움이

그렁그렁 맺혔어라

구구소한도

동지 섣달 넘어
두어 그믐 지나면
봄이 온다기에
구구소한도 내려놓고
봄마중 나섰더니

도시 틈새마다
겨우내 숨 죽였던 씨알들이
기지개를 켜며
흙창호지를 뚫고
깨어나기 시작했다.
학의천변
양지녘에 둘러 앉은
봄까치꽃이며
지난밤 꿈결에서
포옥 찍어

흩뿌린 연두물감들이
삭정이 가지마다 움트고

휘적 휘적
키 큰 쇠백로의 발치에
바실거리는 윤슬이
소살소살
봄바람 타고
미끈한 잉어들
힘차게 유영하는데

삼삼오오 손을 잡은
토끼풀이며 쑥들이
부러운 우리는
언제나
마음 가는 대로

손을 잡을 것이며,
길디 긴 기다림과
우울한 날들을
고비고비 넘기는
우리네 가슴에
아픔을 다독여줄
봄은
언제 오려하는가?

헛기침

비가 내린다
생의 화롯가에
겨울 때를 털어내며
내장을 덥히려는
굳은살 손목으로
비가 내린다

떠 넣어주던 밥숟갈을
덥썩덥썩 받아 먹던
코흘리개 꿈이란
말이 되고
새가 되렸는데
비가 내린다

별을 헤아릴 적
소꿉친구가

달덩이를 닮아갈 적에도
까만 눈동자 속엔
말을 닮고
새를 닮으렸는데
비가 내린다

옆집 아이가
초경할 무렵엔
물기 오를 꽃내음을 알고
꿈꿀 때마다
가시투성이 갈밭으로
소갈머리 없는 꿈이
찢겨져 가는 날,
꿈은 사그러지고
새장에 갇힌 말라빠진 입술이
거짓을 헤아렸으니

비가 내린다
이끼 낀 눈망울엔
세월의 때에 찌들고
녹슨 밥숟가락엔
탕녀의 머리칼이 키득거리는데
비가 내린다

그래도
움츠려진 어깨로
세상에 들이대고
앙다문 입으로
어금니를 깨물며
한 판 결판지게
또, 시작하며

달빛이

물 위를 스치듯이

잔바람이

돌담을 넘나들 듯

죽는 날까지

죽기 아니면 살기로 작정하고

비 내리는 서울역 앞에서

헛기침을 한다

봄천지

봄비 내리는 날
봄구슬 옹알옹알 맺힌
봄은
오랜 기다림 끝의 그리움

여기도 봄
저기도 봄
발길 닿는 곳마다 봄천지라
삭정이 덤불 아래
숨어 있듯
빼꼼히 들여다보면
봄 속에 봄이
또 하나 피어나고

여기 저기 돋아나는
이름 모르는 새싹들이

오도카니 앉아
불러주지 않아도 봄을 노래하며
봄에 취해
봄바람 따라서
돌고 있는 봄 날

가만히
봄바람에 귀 기울이면
봄이 사슥사슥 돋아나는 소리
봄이 복실복실 피어나는 소리
낭창거리는 버들가지엔
잎눈이 트이고,
흐드러진 꽃봉오리마다
봉긋봉긋 터지는 눈웃음들
천지에 봄은
온통
만화방창이다

외사랑

민들레 홀씨처럼
바람이 가져갈까 봐

흐르는 강물에 실려
떠내려갈까 봐

하늘에 구름처럼
떠다니다가 사그라질까 봐

차마
눈물을 보일 수 없어
속울음 운다

말 없는 사랑
왜 이다지도
눈에 밝히는가?

화이부동

지독히도
어울리지 않는 모습으로
멀거니 바라보았던
기억 속에

미운 정 고운 정
어우러져
둔탁한 파열음의
세월을 오가며

눈높이가 다른
모습대로
매끄럽지 않는 대사를
서투르게 되뇌었기도 했겠다

그래도
함께 한 녹록지 않은
세월의 틈새엔
작은 인연의 새싹도
피어났으니
이 또한
화이부동의 씨앗이런가

곱기만한 새색시에
너털너털한 뚝심의 사내
옹이 박힌
거치른 주먹에
어울리지 않는
화폭이 펼쳐지더니

그 그림엔
인고의 세월의 더께가
나이테를 두를 때마다
신세계가 들어섰으니
화이부동의 꽃이
만개하여라!

학의천 봄편지

얼어붙었던 입술
조알거리며
못다한 속내를 풀어대던
개여울 소근거림에
겨우내
언발 녹이던 원앙부부
물비늘 거스르며
사랑 나누고

차디 찬 얼음장 밑에서
움츠렸던 잉어가
굽어진 허리를 펴며
힘찬 요동을 치면,
냉기 빠진 바람결이
갈대 삭정이 밑둥을
곰실곰실 간질이며
봄기운 올려

수다스런

비비새와 참새들이

어우러져

새참 챙기느라

합창을 하면

개울가 버들강아지

봄 전보 도착한 듯

보송보송 솜털 사이로

송글송글

봄이 맺히더라

방황의 시

시인의 가슴은
새까맣게 타들어가야
좋은 시를 맺는다길래
애매한 싯귀를 붙들고
방황의 미로를
후비고 다녀야 했다

그 시절
암울한 시간들
가슴 저민 시절들

초롱초롱한 이슬 같은 시
청정한 샘물 같다거나
바람으로 빗는다거나
숫눈 같은 시를 찾아
오늘도

육신의 허기가 아닌
가슴팍의 갈증을 찾아
또,
외롭게 걷는다

가을 들녘

몸집 불리기에 바쁜 배추
꽉 찬 포기마다
터질세라 허리끈 동여매고

도열한 무우 부대
산발한 머리숱 날리며
쭉 뻗은 종아리가
힘차다

바람의 시샘이 그친
가을 오후
양지녘에 나앉은
잠자리가 졸고

이제 곧
산등성이 걸린 해가
산그림자를 밀어대면
마당 한켠
붉은 노을을 닮아가는 고추를
서둘러 거두어야겠다.

아버지 성묘길

아버지 찾아간 길
산비둘기 반기듯 우니는데
고향집 뒷산
정자나무 오가던
뻐어~꾹 소리가
귓가를 맴돌고

어서오너라!
반가이 맞아주는
금계국의 미소가
아버지의 헛기침처럼
다정스러운데

연초록 두른 산소 뒷곁에선
돌미나리 두런두런 반기고
양지바른 앞터엔

씀바귀의 나긋나긋한 몸짓이
바람결에 흔들거릴 때,
가끔씩
건너다 뵈는 소나무 숲에선
장끼의 목청이 메아리 되어
쩌렁쩌렁 울립니다
아버지의 고달프셨던
코골이처럼.

봄동 겉절이

겨우내 앵앵이던
바람기 견뎌내고
냉기 가신 봄바람에
기지개 켜며,
사지를 쭈욱 뻗어
발라당 누워버린
봄동을 챙겨

지난 가을
달디 단 별빛을 머금은
아삭한 홍옥을
섬둥섬둥 썰어 넣고

산자락 아래
달근한 햇볕 쬐던
달래 한 움큼과,

밭둑 곁에
횡대로 나열한 대파를
쫑쫑쫑 썰어 넣어

액젓에 다진마늘
곱게 빻은 태양초에
달콤한 설탕 한 술,
매실청을 곁들여
참기름 방울방울
고소한 통깨를 얹으면

아삭한
봄동겉절이가
입맛 잃은 입안에 퍼지며,
봄은 성큼성큼
술래잡기를 시작하것다

어버이날의 소고

어머니~
라고 되뇌이면
가슴이 아려오고
목젖이 뜨겁게 타오르며
스스로를 돌아보게 하는
어머니의 자애로운 눈빛이
기억의 창고를
찾게 합니다

그리고,
기억 저편에
그저 담담하게
바라보시기만 하는
아버지의 지게가
창고 한켠에
서 있습니다

오늘밤에는
달음질치는 아버지 달을
하늘나라에 가셔서도
그렁그렁한 개밥바라기별로
뒤따라만 가시는 어머니의
엷은 미소를 그리며
꿈에 젖어 볼랍니다

어머니
그리고, 아버지
괜찮다는 말씀을
철썩같이 믿으며
불효한 탓으로
어버이날 만이라도
미치도록 그리워하는 것을
용서하십시오

이렇게
또, 한 뼘
그리움이 사무칠수록
철딱서니 없던 천둥벌거숭이가
철이 조금씩
들어가려나 봅니다

봄 맛

봄은
겨우내 달작지근한
군고구마보다
달달함으로 다가와
온누리에 연하디 연한
새싹을 틔우며
쌉쌀한 맛을 곁들이는
봄은
집 나간 입맛을 돌아오게 하는
나물의 버무림이다

봄은 모두를 아우르며
쓴맛 단맛이 어우러져
냉기에 얼어붙은
허기진 사랑에도
생기를 불어넣는
신비의 묘약이다

언덕배기 잎을 틔운

두릅의 쌉싸름한 향기

명이의 맑은 바람 맞이며

미나리의 신실함

맑은 햇볕 한 모숨에

몸을 푼 달래의 알싸함과

초롱꽃 더덕의

시원한 코뚫임

남도의 파도 소리가 배인

봄동에 쌈을 말면

봄은

한상차림의 무릉도원이다

고립

저항이 없는
자욱한 안개에 갇혀
발길을 잃었다
지척을 분간할 수 없는 바다
방향타를 잃은 일상이다

봄이 깊어가는 섬마을
때 아닌 우박과 바람이
목덜미를 잡고
귀가를 가로막는 행패에
오도가도 못하는 눈빛은
초점을 잃고
일상을 누렸던 그리움은
발목이 잡혔다

밤새 고립을 옆에 두고
두런두런
서로의 따수운 미소로
위로를 나누는 동행 앞에
밤새 대청도의 바람은
유난스러웠다

야반도주

덥다 덥다
아우성 맹더위에
지쳐가던 여름나기
삼십 하고도 수삼일
불면의 밤이
연일 계속되어
이승이 병들어 간다고
흉흉한 소문이 자자하더니만

맹위를 떨치던 여름 깡패
이제나 저제나
행여 떠날까
밤으로
서늘바람 분다는 입추가 지나고

이제는 떠나려나
더위가 멈춘다는
처서도 지나

설마하니 떠나겠지
이슬이 맺힌다는
백로마저
넘기더니

추분을 앞두고
밤사이
야반도주했다더라

하여
해찰하느라
늦게 온 가을

바람의 감옥이 빗장을 풀고
호수의 윤슬 양떼를 몰아
들녘으로 내달려
억새의 갈기를 휘날리며
한달음에 다가선 가을

늦찾아온
가을이
어쩌면 이리도 좋으냐!
살맛이 난다

가을을 담아 보세요

지난 여름
폭염에 지쳐
애태웠던 가슴일랑
바람결에 씻어내고,
달달한 햇살 한 모숨
담아 보세요

바람에 허리를 내맡긴
억새의 몸 낮춤을 닮고

비바람에 맞서지 않고
꿋꿋이 순응하는
나무들의 인내도 닮으며

이 가을에
사랑은 덤이니
넉넉히 담아 가세요

시간을 횡단하는 화이부동의 시인

시간을 횡단하는 화이부동의 시인

장경식(소설가)

시인 박철수의 시를 읽는 일은 시간을 읽는 일이다. 그의 시간은 한국 현대사와 중첩된다. 프랑스의 사회학자 디디에 에리봉은 아버지의 죽음을 계기로 고향으로 돌아간 후에 자신의 현재가 스스로 부정했던 과거에 기반하고 있음을 깨닫고 〈랭스로 되돌아가다〉라는 책을 썼다. 프랑스의 철학자 샹탈 자케는 부모의 계급에서 다른 사회적 계급으로 이행한 사람을 '계급 횡단자'라고 불렀다. 그런 의미에서 시인 박철수는 시간을 횡단하려고 스스로 고통의 길을 택한 시인이다.

시인의 가슴은
새까맣게 타들어가야
좋은 시를 맺는다길래
애매한 싯귀를 붙들고
방황의 미로를
후비고 다녀야 했다

그 시절
암울한 시간들
가슴 저민 시절들

초롱초롱한 이슬 같은 시
청정한 샘물 같다거나
바람으로 빗는다거나
숫눈 같은 시를 찾아
오늘도
육신의 허기가 아닌
가슴팍의 갈증을 찾아
또,
외롭게 걷는다
- <방황의 시> 전문

이 시집 말미에 있는 〈방황의 시〉는 바로 시인 박철
수의 시집 〈화이부동〉의 머리말과 다름이 없어, 이 시
집의 모든 것을 함축하고 있다. 사실 무슨 말이 더 필요
하겠는가. 시는 시로서 족하니, 가장 바람직한 것은 이
시 한 편으로 해설을 대신하는 것이다. 그럼에도, 아둔
한 해설자는 여기에 사족을 붙이고자 한다. 사족은 그

저 사족인 까닭에, 굳이 일독을 권하지는 않겠다.

　게오르그 루카치의 〈소설의 이론〉은 "별이 빛나는 창공을 보고, 갈 수 있고 또 가야만 하는 길의 지도를 읽을 수 있던 시대는 얼마나 행복했던가? 그리고 별빛이 그 길을 훤히 밝혀 주던 시대는 얼마나 행복했던가?"라는 문장으로 시작한다. 이 책의 제목은 '소설의 이론'이지만 이 책은 사실 소설에 대해서만 말하고 있지 않다. 루카치는 소설을 정의하기 위해 소설 이전의 예술 형식이었던 서사시의 본질부터 소환하기 때문이다.

　루카치는 말한다. 서사형식에서 주체와 객체는 작품의 원근법에서 획득하고자 하는 대상의 경험적 성격으로부터 생겨나며, 서사문학에서 일상적 삶을 영위하는 필부는 삶 그 자체 속에서 느닷없이 자명하게 그 모습을 드러내는 명명백백한 의미를 마주하면서 겸허와 관망, 그리고 침묵할 수밖에 없는 경탄을 자아내게 된다는 것이다. 물론 루카치의 서사론을 이렇게 단순하게 정리할 수는 없고, 또 그래서도 안 된다. 하지만 분명한 것은, 루카치가 근대 이전의 세계, 또는 총체적 삶이 가능했던 세계를 그리는 문학과, 근대 이후 세계의 총체성이 붕괴된 이후의 문학을 구분해 보려고 했다는 점이다. 다시 말해 루카치는 시간과 세계의 관계에 주목했던 것이다.

시인 박철수의 시를 읽으면서 바로 루카치를 떠올렸던 까닭은 굳이 거대한 장르 변천의 내막을 설명하려는 것이 아니라, 박철수의 시들이 보여주는 풍경의 본질과 의미를 이해하기에 더할 수 없이 적절하다고 여겨졌기 때문이다. 그의 시를 관통하고 있는 것은 바로 '시간'이다. 이 시집에 수록된 적지 않은 시편들 하나하나는 일견 지극히 소박해 보인다. 그러나 그의 모든 시를 좀 더 먼 거리에서 관조할 때면 어떤 풍경이 떠오른다. 그것은 잃어버린 고향이다.

다시 루카치의 그 유명한 서문으로 돌아가 보자. 많은 사람들은 이 서문을 자족적 총체성의 시대에 대한 낭만주의적 동경으로 이해한다. 루카치의 말을 빌리자면, '소설이란 선험적 고향상실성의 표현'이기 때문이다. 이와 같이 시인은 상실한 그의 고향을 거울 속에서 발견한다.

뭇 바람에 끼인
손때를 털구고

몇 개의 나이 먹은
터래기를 깎은 얼굴로
거울을 보면
아!
눈에 아려오는 고향이여
- <귀향길> 부분

　사실 거울 속에 있는 것은 자기 자신의 모습일 터이다. 그럼에도 자신 속에서 고향을 발견하고, 그것을 '길'이라고 명명했다는 사실은 시인의 시선이 자기 자신 속으로 이동하고 있다는 것, 곧 자기 자신 속에 각인된 시간의 역사를 추적하고 있음을 보여준다. <봄의 거울>에서 시인은 "뚝길을 걸으면/미꾸리 숨소리와/풀잎을 뒹구는 벌레들 소리가/어우러진/살풋한 웃음이 들려라"라고 말한다. 이제 우리는 상상할 수 있다. 거울 앞에 선 시인과 거울 속의 시인 사이에 있는 균열을. 그리고 시인이 그 균열 이편에 있는 자신을 '이방인'이자 '나그네'로 인식하고 있으며, 그 균열을 횡단하기 위한 도구로 시를 선택했다는 사실을.

　루카치는 소설의 진행을 "문제적 개인이 자신을 찾아가는 여행"이라고 말했다. 시인 또한 스스로 시간의 길 위에 있음을 자각하고 있다. 〈무천기행〉에서 시인은 "가난에 배인/윤기 어린 기억 속으로" 회귀하여, "오르내리던 황토길/진주 동리에 묻어있을/퉁퉁 부은 발그림자"를 떠올리고, "세월이 엮어낸 구산동 언덕"을 기억해낸다. 〈항해일지〉에서는 "타오르는 가슴으로/애젊은 돛을 올려/인고의 항해를 시작했던/불혹의 세월"을 기록한다. 〈학당기행〉에서는 "어렴풋이 기억을 더듬어/만경강 둑을 그리노라면/어느새/수마지기 논빼미가 들어서고, 캔버스 위엔/잊혀진 고향이/스멀스멀 밀려오는데"라고 하면서 기억의 기행임을 스스로 증언한다. 즉, 시인의 시선은 공간이 아니라 시간의 길 위에 있는 것이다. 또한 그는 "오늘도/바람 찬 언덕에/서성이는 방랑자"(〈방황〉)이며, "길은 하나/허공에 외치던 넋두리가/바람에 실려가는데/어디로 갈거나 바람아"(〈바람 나그네〉)라고 묻는 나그네이다. 이방인은, 그의 표현에 의하면 "찬바람 술렁이는/둥우리에서/겨울기 하나 쫓지 못하는" 자요, "죽음이 소생하는/벌판에서/씨알맹이 하나/심구지 못하는"자다. 그래서 그는 "생명 찾아 헤매이는 짚시"이거나 "사랑 찾아 방황하는 한 조각 낙엽"(이상 모두 〈이방인〉)이다. 시인은 그래서 스스로 길 잃은 이방인들에게 길잡이가 되는 꿈을 꾼다. 그 길은 바로 고향으로 이어지는 삶이다.

바람이 일렁이고
온갖 시새움이
발목을 움켜잡을 적
훌훌 털궈버리고
동해의 작은 해마을
물보라 치는 언덕받이에
꿈 까먹고 사는
등대지기나 될까나

철 잃은 바닷가
숱한 기억을 새겨두고
사랑자국 한 점
추억의 그림자 몇 점
파도에 흩려간 채
이젠,
아무도 찾지 않는
허무와 냉기가 머무는 곳

먼 수평선 사이로

한두 점
뱃길이 나부끼고
흐연 물보라 속살임은
슬픔을 울먹인 채
폭풍이 휘젓던 날
두고 온
고향 생각도 나리라만

진실을 까먹으려던 손목일랑
잔내음에 절여 두고
잡다한 소문일랑
파도에 띄워둔 채
가식의 껍질을
벗기우며 벗기우며,
깊은 침묵 속에
물보라 이는 날
길 잃은 이방인들의
길잡이 되어
한 길로 가는
등대지기나 될까나
- <등대지기> 전문

서두에 인용한 〈방황의 시〉가 시인의 심상을 보여준
다면, 〈등대지기〉는 시인의 시적 지향을 함축하고 있
다. "덤덤한 무의식 속에/두려움은 이미/생활의 강가
에 가려진 채/허공을 향해/시선을 버려 두었다"(〈마취
〉)고 고향을 잃어버린 자아를 자각한 채, "흩어진 낱말
을/찾아낼 수 있을까/잃어버린 기억 속을/헤집고 간다
면/거기./방황했던 시절/잊혀진 꿈의 그림자를/만날
수 있을까"(〈잃어버린 기억〉) 주저하던 시인은 "소년은
긴 방황에/옛 기억을 망각하는가 싶더니/한 줌의 사랑
과/한 올의 꿈을 안고/마음의 고향을/돌아오고야 말았
습니다"(〈상록수〉)라면서 드디어 균열을 횡단하는 시간
의 길을 찾아낸 것이다. 그의 앞에 나타난 것은 바로 하
루의 시작이다.

바다는
밤새 아무일 없었다는 듯
시치미 뚝 떼고,
집 떠나온 여행객의
늦잠을 깨우던 아침 햇살은
외로운 사람의
눅눅한 마음을

뒤집어 말리며
달래이기 시작했다
- **<아침 햇살> 부분**

　나그네의 눅눅한 마음은 아침 햇살에 뒤집어 말려지
고, 이제 시인으로서의 자각을 지닌 채 시공간을 거슬
러 탐색을 시작한다.

희뿌연 시간들
소리없이 찾아와
도시 귀퉁이
덧난 상처를 핥으며
삭아내리고 있었다
(중략)
그렇게
하늘이 열리면
세월은 깨어나
바람개비는 돌고
생활의 바퀴는
꿈을 싣고
또,

달리기 시작했다

- <새벽길> 부분

　시인이 바라보는 시간은 그 속에 담긴 삶의 다른 모습이기도 하다. 하여 새벽은 그저 찾아오는 것이 아니라 세월을 깨우는 것이고, 생활의 바퀴를 달리게 하는 것이다. 이 시집에 수록된 많은 시들이 표면적으로는 낭만적으로 보이지만, 그 이면에는 꿈과 현실이 이항대립처럼 자리잡고 있음을 잊지 말아야 한다. 삶에는 희로애락이 있기 마련이다. <사랑의 밀알>, <사랑의 동심원>, <원앙의 꿈>, <사랑의 약속>, <신부에게 바치는 노래>, <그대 수틀에 다가가>, <달빛 사랑>, <사랑의 열병> 들이 삶의 출발점을 묘사하는 시라면 <별리>, <아버지 성못길>, <어버이날의 소고>는 삶의 도착점을 인식하고 있는 시이다. 이처럼 시인은 시간을 관통하여 총체적 삶의 여러 양상을 그려낸다. 삶의 속성이 "하얀 구름을 닮아/속내 비치는 개울물의/속살거림을 닮아/꿈을 키우며/생의 미로에서 살리라/살리라 했다"(<생의 미로>)처럼 미로임을 인식한 시인은 "허리띠 졸라맨 이들이/둘러 사는 하늘엔/별도 싫고/달도 흉했다"(<가뭄>)와 같이 곤고한 삶에 대한 공감과 연민을 거쳐, "눈물자욱 하나 남기지 마라/무념의

모체를 떠나왔 듯/가려거든/뒤 돌아보지말고/훌쩍/바람
따라/떠나 가거라"(〈낙화〉)와 같이 미련 없이 떠나는 미
덕을 보여주며, 그 끝에 "마음을 비우면/가슴은 열릴 터/
삶이란/꾸며대지 않아도 되는 것을"(〈요양원〉)과 같은
해탈의 경지에 이른다.

어둠을 헤아리던 사람들
스스로 어둠이고자
빛을 등진 채
억만겁 영혼의 문을
짚맥하던 몸짓으로
두드리며

까만 목덜미엔
희디 흰 피를 흘리며
숱한 방황의 넋을
갈퀴질 하여
빛이 되길 거부하던
그림자를 삽질하였으니

바람이 죽어간 호수엔

파문도 숨 죽이는데
시커먼 쓸개즙 하나
헤아리지 못한 아낙은
어둠이기를 거부한 채
하얀 분을 덕지덕지 바르며
죽어도 죽어도
천상을 셈했거늘

어둠을 마시며
어둠을 가르던 탄부의 가슴에
타오르던 생의 심지는
죽어서 죽어서
새가 되려는 듯
바람의 깊이를 재었드라만

천상의 믿음도
천하의 사람 내음도
외면하려 든 바람떼는
이슬의 영혼을 밟으며
밤마다
때 낀 손톱에 금맥기 올리는

꿈을 지을 적

그들은
스스로 금세공이기를
순응하여
한 줌의 인생을
가슴으로 가슴으로 핥으며
오늘도 막장탄부는
어둠을 쪼개고 있더이다
- <탄부의 가슴> 전문

석탄은 그 자체로 고생대 석탄기의 산물이며 대략 3억 년 전후에 형성된 것이다. 석탄을 캐낸다는 것은 시간을 캐내는 것이다. 시인은 "스스로 어둠이고자/빛을 등진 채/억만겁 영혼의 문을/집맥하던 몸짓으로/두드리며(중략)/어둠을 쪼개고"있는 탄부를 애정어린 눈으로 바라본다. 그는 말한다, "어둠은/빛을 얻기 위한/가슴앓이"(<막장의 꿈>)라고. 빛과 어둠은 시인이 현실과 꿈을 바라보는 또 다른 유비의 하나이다.

당신의

슬픔과 고뇌가 서린
거품일랑
내가
마시리이다

그대는
나의 채로 걸른
샘물을 마시며
어두운 하늘가에서도
빛 한 모금 머금고
미소 짓는
별알이 되는거다

그대여!
아픔과 고통이 얼룩진
방황을 마셨기에
비틀거리는 날
그대여
고개를 돌리진 마사이다

어둠을

빗어내리는 손길이
더디다 하여
탓하지 마사옵고,
바람더미 하나
헤아릴 솜씨
무디다 하여
책하진 마사이다

어둠과 빛이
갈라지는 길목에선
꽃을 피워내려는
따스한
입김 한 모금은
있으오리니

그대여!
꿈에 들거든
나의 품에 들어
귀 기울여 보소서
어둠을
가르마 타며

당신의 별로 노를 저어 갈
나의
달노래를
- <달노래> 전문

　　빛과 어둠이 절창을 이룬 이 시에서 "願使遙遙他夜
夢(바라건대 멀고 아득한 다음 꿈에서는) 一時同作路中
逢(같이 떠나 도중에서 만날 수 있기를)"이라고 노래했
던 조선의 시인 황진이의 〈상사몽(相思夢)〉을 떠올리지
않을 재간이 없다. 시공을 초월하는 시인의 이런 공감
각적 심상은 이제 시간의 순환에까지 이르게 된다.

연록의 오월
서로 다른 모습으로 둘러앉아
서툰 눈길을 나누며
밭이랑을 매던 얼굴에
송글송글 땀방울이 배어날 즈음
어느새
집안 얘기로 꽃 피우고

혹여

피오르지 못할까나
조바심에 뒤척이던 날
봄비는
가녀린 씨앗을 보듬아주어
파란 순을 어루고
행여
유월 바람에 넘어질라
아이 키우듯한 가슴으로
밭이랑을 서성였어라

칠월 땡볕
아이들의 물조리개는
연신 무지개를 그려대는데
얄미운 모기는
아이의 짜증을 조롱하듯
톡톡보이는 살결마다
주사바늘을 놓는다.

팔월 중순
포송포송 상추가 포개지고
넙죽넙죽 깻잎의 군상들

고추는 대롱대롱 그네를 뛰면
방울토마토가 질세라
탱글탱글 어깨를 들이대는데
한켠에선
고구마 순들이 수근거린다.

구월의 밭자락
검보라 가지가 기지개 켜고
호박넝쿨 사이로
삐죽이 고개 내민 애호박
밭 가운데 모여든 고추 망울엔
알이 차오르다 못해
빨간 해를 닮아가는데

시월 초순
고구마 캐는 손들이 분주하고
예서 제서
어른 팔뚝만한 웃음이 베어나고
초록 배추의 양팔 벌림이
시작된 밭떼기엔
온통,

아이들의 재잘거림과

서툰 초보 농군들의

함박미소가 피어올라라.

-<가족 봉사단 영농일지> 전문

그렇다. 시인이 자아 균열을 횡단하여 도달한 바로 그곳에, 이른바 '농가월령가'가 자리하고 있는 것이다. 주지하다시피 〈농가월령가(農家月令歌)〉는 1816년 다산 정약용의 차남 정학유(丁學游)가 지은 가사로, 한 해 동안의 세시풍속을 보여주는 가사이다. 이 가사는 직선으로서의 시간이 아니라, 순환하는 자연으로서의 시간을 묘사하고 있다. 그러나 우리는 많은 연구자들이 〈농가월령가〉가 단순히 농촌의 풍속을 그리는 목적이 아니었다고 밝히고 있음에 주목할 필요가 있다. 정학유가 이 가사를 썼던 19세기 초는 근대 자본주의적 도덕관과 전통 가치관이 충돌하기 시작하던 시기였으며, 그에 따라 점차 농촌공동체가 붕괴되는 양상을 보이기 시작했던 것이다. 연구자들은 정학유가 농촌공동체 구성원들에게 순환하는 절기에 따른 공통의 시간관을 심어주고, 공동체 의식을 배양하며, 궁극적으로는 공동체를 안정적으로 유지하려는 목적으로 이 가사를 지었을 것으로 추정

하고 있다. 달리 말해, 자본주의적 생존 원리가 아니라 도덕적 가치의 극대화를 통해 공존의 삶을 모색하려는 의도가 있었다는 것이다. 아니나다를까, 이 시집에서는 〈구구소한도〉, 〈봄마중〉, 〈봄의 길목〉, 〈봄 기척〉, 〈봄 천지〉, 〈봄동겉절이〉, 〈여름 약속〉, 〈가을 나들〉, 〈가을 앓이〉, 〈가을 풍경〉, 〈가을 들녘〉, 〈겨울밤〉과 같은 농촌 공동체적 계절 감각과 풍경이 시인의 기억을 바탕으로 일일이 열거하기 어려울 만큼 산견된다.

도시의 덧문을 나와
밭둑에 들어서니
햇볕 한 모숨에
쑥쑥 나온 쑥들이
조막손 들어
양팔 벌림을 시작하고
- <봄나들이> 부분

봄을 푼
초록의 치마폭엔
흙내음이 배어나고
문틈새로 터져 나온

봄볕 한 줌 몰아
밭돌을 던지면
시아버지 좋아하는
꽃달래주 익는 소리
　- <봄국> 부분

봄은
겨우내 달작지근한
군고구마보다
달달함으로 다가와
온누리에 연하디 연한
새싹을 틔우며
쌉쌀한 맛을 곁들이는
봄은
집 나간 입맛을 돌아오게하는
나물의 버무림이다
　- <봄 맛> 부분

시큰둥한 겨울 허리를
조금씩 조금씩 펴보이며
겨울 눈을 부비면

얼었던 손끝으로
파릇한 하늘이 눈웃음 짓고,
찬바람 스쳐간 둔덕엔
연록의 꿈들이
보시시 고갤 들어라
- <경칩> 부분

계절은 바람으로 오는가
어린 날의 연한 기억엔
코스모스 하늘거리고
유년의 망설임이 저민
까만 통고무신 속에
꿀벌이 앵앵일 적
희뿌연 신작로를 타고
가을이 왔었는데
- <가을 앓이> 부분

산길을 걸으니
풀벌레 합창단이
숲 무대 커튼을 열어주고
살긋살긋 살걸음으로

다가오는 낙엽소리에

귀기울이면

- <가을 숲> 부분

그러니 이제는 짐작할 수 있겠다. 시인은 도시의 이
방인으로서, 나그네로서 단순히 시간을 횡단하는 것만
이 목적은 아니었던 것이다. 시인의 기억 속에는 루카
치가 말한 총체성의 시대로서의 고향이 존재하는 것이
며, 시인은 시간을 횡단하여 그 고향을 호출함으로써
그 기억조차 없는 근대인에게 총체성의 세계를 경험하
게 하고자 했던 것이겠다.

이런 총체성 호출의 시도와 함께, 시인 박철수의 시
인다운 면모를 보여주는 또 다른 특성을 마지막으로 말
해야겠다. 시인은 바위와 같이 견고한 시대의 균열을
읽어내는 사람이자 그 균열의 틈으로 흘러내리는 작은
물줄기의 소리를 들을 수 있는 사람이다. 그리고 시인
은 그 소리를 묘사하고 의미를 부여하는 사람이다. 그
런 의미에서 이 시인은 언어의 균열을 읽어내고 언어
사이에서 새로운 언어를 조탁하는 사람이다. 시인 박철
수가 보여주는 새로운 언어의 세계를 살펴보자.

소실소실
봄 귀퉁이 돌아나온
마실 바람에
아카시아 흰 꿈이
한송한송 길을 떠난다
- **<낙화> 부분**

두리 둥실
구름을 머금고
살포 도도실
바람 한 줌 잡아
아이야!
무슨 꿈 먹을래
하늘도 잡힐라?
(중략)
두두리 두둥실
살포시 도동실
아이야!
구름 자락 만질라
바람 타고 솔개처럼 날을라
- **<외딴집> 부분**

봄아 봄아!
언덕에서 떠니는
제비꽃만 달래지 말고
섯붓 섯붓
큰걸음으로 달려와
꼬옥 안으시어
켜켜히 멍든 그리움을
쓸어내리는 날,
새록 새록
봄 꿈에 취하게 하라!
- <봄취객> 부분

'소실소실', '한송한송'(<낙화>), '살포 도도실', '살포시 도동실'(<외딴집>), '섯붓 섯붓'(<봄취객>)은 맞춤법에 맞지 않는다는 뜻에서 아래아한글 파일에서는 빨간 밑줄이 쳐진다. 달리 말해 비표준어요, 현재까지 존재하지 않았던 말이라는 뜻이다. 당연히 시에서는 그것이 훔쳐 온 것이 아닌 이상 시적 허용으로 간주된다. 그런데, 이렇게 마치 이미 있었던 말처럼 자연스러우면서도 서정적인 우리말이 존재했던가? 해설을 쓰면서 감탄과 함께 여러 번 국어사전을 뒤져봐야 했음을 고백하지 않을 수 없다.

　　이웃 저웃
　　등진 이 토닥거려
　　빚진 웃음 다시 갚고
　　물기 오른 보리밭 둑
　　콩 뿌리면 콩 나리니
　　- <봄국> 부분

　　'이웃'이라는 말에서 '저웃'을 만들어 내었다. '이웃'이 가까운 이웃을 말하는 것이라면, '저웃'은 좀 저쪽에 있는 이웃을 말하는 것이겠다. 어찌되었든, 시어의 이런 변용, 놀랍지 않은가?

　　삭정이 사이로
　　비집고 드는 바람은
　　어느새
　　베란다 끝에 서성이던
　　아이비 잎새를 넘나들더니,
　　초록의 끝이
　　아비 가슴처럼

바삭바삭 타들어가고

철늦은 기을을 빠져나와
아파트 그림자에 갇혀서도
미소를 잃지 않던
애기사과의 성근 볼이
알알이 부어져 올라도,
달래지 못한
아비의 멍울진 가슴엔
차디찬 바람만
일렁이고 있었다

시리디 시린
겨울골이 얼어붙고
눈보라 휘돌아
발목을 부여잡는 밤에도,
나목의 눈은 숨을 쉬며
비상의 꿈을 잃지 않기에
초옥(草玉)의 봄은
멀지 않으리니

- <겨우살이> 부분

‘아이비’와 ‘아비’의 대립, ‘애기사과’와 ‘아비’의 대
립을 보라. 신어는 아닐지언정, 마치 신어와 같은 수준
의 새로운 언어의 긴장관계를 만들고 있지 않은가. 세
번째 연의 ‘초옥(草玉)’은 아마도 ‘초록(草綠)’을 원용한
것일 터, 아래에서 다시 쓰인다.

설핏

열리는 휘장 사이로

터져 나오는

등불을 보라!

머리를 내민 생명들은

기지개 켜고

한 망울 입덧으로 몸을 풀면

초옥(草玉)의 꿈들은

마냥

익어갈지라

- <오르페우스의 새벽> 부분

“난지도에 가거든/둘러 둘러 앉아,/구겨진 언어와/
숨겨둔 소리를 그슬려”(<<임금님 귀는 당나귀 귀>>)는 언
어에 대한 시인 박철수의 오랜 천착을 방증한다. 언어

는 그의 잃어버린 기억이다. 그가 시간의 균열 이쪽에 있는 이방인으로서의 삶을 자각하는 순간은 바로 "잊혀진 언어는/어디쯤 추락하여/돗바늘로 파르르 떠닐다가 억센 나무 등걸에 끼인 채/녹이 슬고 있었을 것인가"(〈잃어버린 기억〉)에 대한 인식에서 비롯되며, 그를 극복하고자 하는 의지도 앞 연에 바로 이어지는 "흩어진 낱말을/찾아낼 수 있을까/잃어버린 기억 속을/헤집고 간다면"이라는 길 찾기로 이어진다. 시인 박철수에게 기억은 바로 언어인 것이다. 그러므로, 시인 박철수가 가진 심상이 그저 시간의 횡단자로서 고향의 호출에 머무르지 않고, 그것을 담는 그릇의 미세한 문양에도 작동하고 있음을 발견할 수 있겠다.

이 모든 것의 끝에 〈화이부동〉이 있다. '화이부동'은 〈논어〉 자로(子路)편에 나오는 한 구절이다. 공자는 "君子和而不同 小人同而不和(군자는 화이부동하고, 소인은 동이불화한다)"고 하여, "군자는 조화롭게 어울리지만 쉽게 동화하지 않고, 소인은 쉽게 동화하지만 어울리지 못한다"고 말했다. 이는 군자는 의를 숭상하므로 아부하지 않고, 소인은 이익을 숭상하므로 조화를 얻기 어렵다는 말로 풀이되기도 한다.

지독히도
어울리지 않는 모습으로
멀거니 바라보았던
기억 속에

미운 정 고운 정
어우러져
둔탁한 파열음의
세월을 오가며

눈높이가 다른
모습대로
매끄럽지 않는 대사를
서투르게 되뇌었기도 했겠다

그래도
함께한 녹록지 않은
세월의 틈새엔
작은 인연의 새싹도
피어났으니
이 또한

화이부동의 씨앗이런가

곱기만한 새색시에
너털너털한 뚝심의 사내
옹이 박힌
거치른 주먹에
어울리지 않는
화폭이 펼쳐지더니

그 그림엔
인고의 세월의 더께가
나이테를 두를 때마다
신세계가 들어섰으니
화이부동의 꽃이
만개하여라!
- <화이부동> 전문

시인은 자신의 주관과 원칙을 잃지 않으면서도 다른
이들과 조화롭게 어울리는 삶을 꿈꾸었고, 또 그렇게
살아왔으니, "인고의 세월의 더께"가 시인에게 이런 깨
달음을 주어 이 시제를 책의 제목으로 삼도록 한 것이

겠다. 다만 "너털너털한 뚝심의 사내"의 오랜 시간이 이 시집 속에 오롯이 담겨있음을 기억할 따름이다. 이제 제대로 된 시집을 낸 시인으로서, 또 새로운 시대의 균열을 도모하기를, 그래서 이 시집에 담기지 않은 또 다른 시의 절경을 보여주기를 기원한다.

화이부동

초판 1쇄 인쇄 2025년 12월 10일
초판 1쇄 발행 2025년 12월 20일

지은이 박철수
펴낸이 김정동

펴낸곳 문학마을
주소 서울시 중구 충무로 49-1 죽전빌딩 2층 201호
전화 02 3142 1471(대)
팩스 02 6499 1471
이메일 seokyobook@gmail.com
블로그 http://blog.naver.com/seokyobooks
홈페이지 http://seokyobook.com
페이스북 @seokyobooks   인스타그램 @seokyobooks
ISBN (03810)